TROIS SIÈCLES D'AMOUR

EVA KAVIAN

Délaissant les grands axes, j'ai pris la contre-allée

A. Bashung et J. Fauque

Paradoxalement, les institutions devraient garantir
le droit à la fragilité des individus. Le droit, en somme,
de ne pas renoncer à sa propre humanité...

Roberto Scarpinato

La Contre Allée est une maison d'édition indépendante
qui fait confiance à votre curiosité depuis 2008.
Vous avez entre les mains la **première impression**
de *Trois siècles d'amour* dans notre collection poche
et nous vous en remercions.

Collection La Sente 2025
Première édition : Castor astral 2003

TROIS SIÈCLES D'AMOUR

EVA KAVIAN

« Nous avons fait l'amour longtemps, doucement.
Le vent faisait trembler la fenêtre
et ses fragiles vitres de sucre.
J'aimais bien le corps de Pauline.
Elle m'a dit qu'elle aimait bien le mien aussi.
Nous ne trouvions rien d'autre à nous dire.
Le vent s'est arrêté soudain. Pauline m'a demandé :
"Qu'est-ce que c'est ? – C'est le vent." »

Richard BRAUTIGAN,
Sucre de pastèque.

« Les mots sont le temps sur terre,
le temps expliqué et dispersé,
les signes traduits en sang. »

Hugo CLAUS,
Cruel bonheur.

1. L’arrivée

Quand nous sommes arrivés, l’idée même d’écrire un livre m’était devenue étrangère. Il y avait trop longtemps que je ne trouvais plus de papier. Les enfants du monde, oui, ils en trouvaient. Ils ne savaient pas dire où, mais leur vie était pleine de papiers. Ils dessinaient leur vie sur les papiers trouvés, ne laissaient rien pour un livre à écrire. J’avais essayé les portes. Les portes de la maison, celles des armoires. J’avais écrit sur des boîtes et sur les emballages de sucre que je passais mon temps à voler. Les enfants du monde, eux, passaient leur temps à voler le mien. Ils volaient mon temps. Quand j’arrivais à en mettre un peu en lieu sûr, je l’utilisais pour voler du sucre. J’écrivais sur l’emballage déplié, lissé. À peine quelques mots, et je devais en voler un autre pour continuer. Je revenais ensuite dans la maison aux portes pleines et je veillais sur eux, les enfants du monde.

Je n’ai pas tenu des années ainsi. J’ai arrêté de penser au livre à écrire. J’ai essayé de vivre. Ça a fait venir l'idée des vacances. Nous sommes partis. Pendant le voyage, les enfants ont appris à dormir. Nous ne nous y attendions pas, mais nous avons compris que rien ne serait plus comme avant. Avec des nuits, entre les jours. Puis, nous sommes arrivés. Ici.

2. Le lieu

Le lieu de nos vacances ne ressemble à rien de ce que l'on peut imaginer : un rectangle de terre. Au bout du rectangle de terre, un rectangle bleu avec de l'eau dedans. Dans lequel les enfants du monde plongent tout de suite. Nous, non. Nous savons que parce qu'ils ont appris à dormir, il leur faudra autre chose que de la terre et de l'eau. Nous profitons de ne pas leur être indispensables un moment et construisons, de l'autre côté du rectangle de terre, une maison, grande comme le rectangle bleu. Nous pensons que cela les aidera à trouver des repères pour cette nouvelle vie, que la maison soit grande comme l'eau, que le rectangle qui nous est imparti soit la somme exacte de trois rectangles identiques. Mais nous ne l'aurions pas faite plus grande, si nous n'avions pensé à rien. Entre le moment de notre arrivée et celui où ils recommenceraient à dormir, nous n'avions que le temps de remplir un tiers du terrain d'une maison. De toute façon, c'est bien suffisant, un tiers de terrain, pour une maison à dormir dedans. Nous comptions manger sur le rectangle de terre. Entre l'eau et la nuit.

3. La boulangère

Ici, où nous sommes en vacances, la boulangère va mal. C'est écrit sur sa vitrine, avec beaucoup de couleurs. En noir, elle s'excuse et prie son aimable clientèle de bien vouloir ne pas lui en vouloir, mais annonce que la situation est grave. En bleu, elle dit que la situation, c'est des problèmes de santé. Que c'est grave et que ça dure, et qu'elle n'est à l'abri de rien en plus, elle, la boulangère. Que malgré tout, elle tient à faire tout ce qu'elle peut, pour les clients qui veulent bien comprendre la situation. En rouge, elle ajoute qu'elle a dû être hospitalisée, pas plus tard qu'il n'y a pas longtemps, ce qui montre bien qu'elle n'est pas une tire-au-flanc, qu'elle n'en rajoute pas concernant la situation, et que son souhait est d'être comprise par sa clientèle qui le veut bien. En orange, que si cela met sa santé en péril, si cela risque de rendre nécessaire une nouvelle hospitalisation suite à une aggravation de la situation, elle ouvrira néanmoins la boulangerie, le temps des vacances, en matinée. En vert, que comme ça, l'après-midi, elle pourra se reposer, que cela, il le faut, le médecin l'a bien dit. Lui qui disait qu'elle ne devait absolument pas travailler pour l'instant. Mais bon. Pour les clients compréhensifs, elle faisait ce qu'elle pouvait. Que les autres, avec un vert plus clair, pouvaient aller chercher du pain ailleurs, si c'était trop leur demander que de respecter quelqu'un qui fait de son mieux dans des circonstances extrêmement éprouvantes. Signé, en violet, la boulangère.

J'ai acheté tout le pain qui restait, elle pourrait aller se reposer plus tôt. Avec tout ça, j'ai eu du mal à rentrer au rectangle de terre. J'en ai laissé pour les oiseaux que je n'ai pas vus.

4. Les gens du Grand Café

Si j'avais encore eu l'idée d'écrire un livre, si nous étions venus ici en vacances malgré cela, j'aurais écrit un livre sur la boulangère. Je pense à tous ceux qui n'arrivent pas devant sa vitrine parce qu'ils ne vont pas en vacances et qui ne peuvent ainsi savoir que cette femme souffre, et comment malgré tout elle fait ce qu'elle peut, pour que ceux qui la comprennent, tout au moins, puissent manger de son pain. J'aurais écrit ce livre pour eux. Pour qu'ils sachent qu'il y a du pain pour eux, ici, s'ils respectent la situation de la boulangère.

Pas comme ceux du Grand Café, qui rigolent de la santé d'autrui. Qui disent que si ça continue, on trouvera du pain aux Courses du Jour, que la boulangère ne l'aura pas volé, à n'ouvrir que le matin. Ceux-là, du Grand Café, peuvent se brosser je pense pour avoir du pain le matin. Sur la vitrine de la boulangère, on ne fait pas dans le compromis, c'est écrit en vert plus clair. Peut-être qu'ils ne riront pas longtemps de la santé d'autrui, au Grand Café.

5. Notre voisin

Sur le rectangle de terre à côté du nôtre, il y a une fille très brune, qui promène un cheval pas très grand, et un homme. Lorsque les enfants du monde se réveillent et mangent le pain que je leur ramène tant bien que mal, l'homme démonte une petite cabane de tôles. Quand ils vont dans le rectangle bleu, l'homme tourne en rond sur sa terre sans cabane. Quand ils reviennent sur le rectangle du milieu pour autre chose que du pain, l'homme remonte sa cabane de tôles. Après, ils vont dormir. La fille très brune met le cheval pas très grand dans la cabane, elle reste avec lui. L'homme va quelque part.

Je ne les vois jamais manger du pain ou attendre qu'ils se décident à en vendre, aux Courses du Jour, je ne les entends jamais rigoler de la santé d'autrui.

6. Le vent et la mémoire

Les vacances font du bien aux enfants du monde. Ils chantent dans le rectangle bleu en dessinant leur vie sur des papiers trouvés. Quand ils vont dormir, je ramasse les feuilles remplies, sans chercher s'ils m'ont laissé un peu de place, tant est loin de moi l'idée d'un livre à écrire. Je les pose, l'une sur l'autre. Je ne suis sûre de rien. Je n'ai pas assez l'habitude des nuits entre les jours pour prendre le soir pour un début de nuit. Je ramasse les papiers trouvés, je les empile, dans une relative et tranquille incertitude. Je sais comme peuvent s'oublier les choses apprises un jour.

Il y a du vent, ici. Peut-être qu'il y a plus de vent ici parce que le bleu n'est pas rond ou parce que c'est les vacances, le temps pour oublier les choses apprises un jour, et qu'il faut du vent, pour ça.

Il ne faut pas croire qu'il n'y a pas de vent chez nous. Parfois, ça souffle plus fort que l'oubli. Parfois aussi, rien ne bouge, on se souvient de tout. Ça dépend.

Ici, ça souffle tout le temps, mais très doucement. Il est difficile d'imaginer que ce vent suffise à tout oublier. On est comme coincés entre l'oubli et le souvenir, sauf quand les enfants dorment. Alors, plus rien ne bouge. Le soir est devenu le début d'une nuit. C'est ainsi chaque jour. Les enfants du monde, dans la mémoire des choses apprises, dorment. Et moi, je ramasse les papiers trouvés dessinés en chantant, je les empile, je me souviens de tout.

Quand le vent se lève, je vais chercher du pain. Je vais voir si la situation de la boulangère ne s'est pas aggravée.

7. Quand on arrête, il ne faut pas penser : j'arrête, il faut penser : je continue. Sinon, c'est trop dur.

J'ai arrêté de fumer. Ce n'est pas facile pour moi. Ça commence toujours par des jours terribles. Mais quand je ne suis pas dans l'idée d'un livre à écrire, je sais penser à autre chose. Arrêter de fumer, par exemple.

Je ne veux pas que les jours terribles gâchent nos vacances. J'arrête de fumer, mais je continue à acheter des cigarettes. Le contraire est plus difficile. Les deux ensemble garantissent les jours terribles. Quand les enfants vont dans le rectangle bleu, je vais chercher des cigarettes.

La première fois, j'ai demandé un paquet de cigarettes, j'ai payé, j'ai mis le paquet dans mon sac et j'ai dit merci. Le marchand a répondu : c'est moi. Il faut venir en vacances ici pour rencontrer un marchand de ce qui nuit gravement à la santé s'appeler Merci. Le lendemain, j'ai demandé un paquet de cigarettes, j'ai payé, j'ai mis le paquet dans mon sac, et j'ai dit : merci, Merci. Il a répondu : c'est moi.

Je comptais m'y prendre ainsi : d'abord un paquet par jour. Dès que je me sentirais prête, je passerais à un tous les deux jours. Si tout allait bien, à la fin des vacances, j'aurais arrêté d'acheter des cigarettes sans passer par les jours terribles.

Je me suis gardée de parler de ça à Merci Merci. Il avait beau vendre très gentiment ce qui, devait-il penser, ne manquerait pas de me tuer, je ne le connaissais pas assez pour anticiper avec précision ce que serait son attitude s'il devait apprendre qu'il me perdrait plus tôt que prévu. J'ai aussi arrêté de le remercier. Lui dire : merci, Merci Merci m'aurait plongée dans un fou rire. Je venais tout de même d'arrêter de fumer. Je n'étais pas de taille à assurer le rire. Je disais juste : Merci Merci. De toute façon, il répondait toujours : c'est moi, peu soucieux probablement d'aller plus loin dans la conversation avec des morts en sursis.

8. Tout existe

Il m'a fallu quelques semaines avant de me rendre compte que le vent qui permettait l'oubli durant le jour ne faisait rien à la pile de papiers trouvés.

J'avais commencé la pile sur un rectangle à côté. Pas celui de l'homme qui démontait sa cabane au lieu de manger du pain, mais le rectangle juste au-delà du bleu. Il avait l'air de ne servir à rien encore. On avait dû y cultiver de l'anis. Nous étions si contents de l'harmonie de nos trois rectangles, que poser sur l'un d'eux la pile de papiers trouvés était impensable. Donc, malgré le vent du jour, la pile progressait, chaque nuit. Je devais à ce point du séjour, prendre une courte échelle pour en atteindre le sommet.

J'ai voulu voir ça de plus haut. J'ai échangé mes paquets de cigarettes contre une échelle plus grande. Je l'ai appuyée contre la pile. Au centre de la pile, en son sommet, je pouvais distinctement voir un tronc en formation. Une dizaine de cercles déjà. Ici, rien ne ressemble à rien. Pourtant tout existe.

J'ai commencé à me sentir mal, sans mes paquets de cigarettes. Je suis passée chez Merci Merci. Il avait un air satisfait qui, je dois dire, m'a quelque peu troublée. En plus, le tracteur du médecin était garé devant la boulangerie. J'étais à deux doigts de fumer une cigarette.

Cette nuit-là, les enfants ont oublié de dormir, comme par grand vent. Ils sentent toujours quand ça ne tourne pas rond chez moi.

Je suis remontée au-dessus de l'échelle. Plutôt que de continuer la pile comme précédemment, j'ai posé au sommet deux tas de papiers trouvés, remplis de dessins comme l'est la vie avec les enfants du monde, quand ils ne dorment pas. Le lendemain, chacune des deux piles, en son sommet, avait en son centre plusieurs cercles. Et la boulangère était cernée, à son poste.

Elle racontait sa nuit à un vieil homme sourd. Qu'elle avait de la tétanie, alors que forcément… Que ça pouvait la prendre n'importe quand, dans une heure par exemple. Qu'il faudrait faire avec, pour le pain, si on l'embarquait à l'hôpital dans l'ambulance. Mais qu'en attendant, ça oui, elle était là. Elle s'appuyait avec ses bras sur le comptoir. Le vieil homme sourd ne perdait rien de son décolleté. Il disait des choses sur le vent, entre ses dents.

Je suis rentrée avec du pain, pour voir si le papier continuait à devenir un arbre. Parce que c'est bien de cela qu'il s'agit.

9. Deux échelons à la fois

Depuis que le médecin a garé son tracteur devant la boulangerie, il n'y a plus grand monde au Grand Café. L'homme et la femme qui rigolent du malheur d'autrui remplissent les verres alignés sur le comptoir, puis les vident sur le sol. Pendant qu'elle étale tout avec sa raclette, il fouille dans ses 45 tours. Quand il trouve un morceau de sa jeunesse, elle entoure le caoutchouc de sa raclette avec un torchon qui s'appelle ici une serpillière, puis, tandis qu'il soupire, elle fait briller le dallage défoncé avec ce que personne ne vient boire chez les médisants.

Je vois ça chaque fois que je vais chercher un paquet chez Merci Merci. Arrêter d'acheter des cigarettes va prendre plus de temps que prévu. Plus les échelles sont hautes, plus elles coûtent cher. J'échange la précédente contre la suivante, je dois pourtant chaque fois ajouter quelques paquets. J'arrive à tenir avec un par jour, en prenant pour la suivante juste deux échelons de plus que pour la précédente. C'est la limite que je me suis fixée. Si je dépasse un paquet par jour, je sais que ce sera trop dur pour diminuer, après.

Pourtant je suis tentée, parfois. Avec les enfants du monde qui prennent mon temps, le vent de l'oubli, les papiers à ramasser... Je me dis que je devrais moins courir si je prenais, par exemple, une échelle de six échelons plus haute que la précédente. Je suis en vacances tout de même. Heureusement, sans l'idée d'un livre à écrire, il me reste quelque chose qui ressemble à de la volonté.

Je me demande s'ils vont ailleurs, ceux du Grand Café. Pour chercher du pain. Là où les boulangères n'ont pas la tétanie. Ou s'ils se passent de pain. Peut-être qu'ils envoient quelqu'un, le matin, l'air de rien. Pas le voisin du rectangle d'à côté. À cette heure-là, c'est sûr, il démonte sa cabane.

10. Il est trop tôt

Entre la pluie et le soleil, les enfants du monde préfèrent l'arc-en-ciel. Ici, il ne pleut pas. Pour pousser, les arbres doivent attendre qu'on ramasse des papiers, qu'on les empile. Ils ont fini par dessiner un arc-en-ciel au-dessus du rectangle bleu. C'est plutôt joli. Nous n'y aurions pas pensé. Ils n'ont pas mis de vert dans l'arc-en-ciel. Il y a longtemps que je n'ai pas vu un arc-en-ciel qui ne soit pas dessiné. Je ne sais plus si le soleil et la pluie font du vert. Chez nous, oui. Il faut le tondre. Ici, rien n'est vert. Il est trop tôt pour savoir si l'arbre des papiers trouvés aura des feuilles. Et leur couleur. Trop tôt, finalement, pour dire qu'ici tout existe.

11. Nos amis sont arrivés

Impossible de savoir comment nos amis sont arrivés. À cause de la chaleur, le plan qui pouvait les aider à nous rejoindre s'est effacé. Ils sont arrivés avec un papier blanc. Leur envie de nous rejoindre devait suffire pour trouver le chemin. Le papier était auréolé de noir très dilué. J'aurais pu trouver de la place pour écrire dessus. Mais nos amis voulaient rentrer chez eux avec des souvenirs à mettre dans un album. Ils ne faisaient que passer. Leurs enfants sont allés dans le rectangle bleu. Nous avons proposé à nos amis de planter leur abri dans le rectangle de terre, on se serrerait pour partager le pain. Leur abri a très vite poussé. Il faisait penser à une scène de théâtre, au point que, le soir, les enfants, au sortir du rectangle bleu, venaient s'asseoir sur des planches, prenaient des planches, et tapaient sur des planches. Ça ressemblait à tout ce que nous aimions mais, histoire de ne pas troubler le rythme de leur vie, nous attendions qu'ils s'endorment pour applaudir.

À cette heure-là, il ne restait plus rien à manger, nous commencions à boire.

Quand les hommes avaient trop bu, mon amie commençait à parler. Avant, elle préférait se taire ou parler aux chiens. Nous n'avons pas de chien ici. Elle commençait à parler quand les hommes devenaient des chiens tant ils avaient bu. Cela pouvait prendre du temps. Qu'ils aient assez bu, ou qu'elle ne parle plus. Après, je m'efforçais de ramasser les papiers trouvés. L'arbre nécessitait déjà une échelle de soixante-quatre échelons.

12. L'heure des femmes

J'aurais pu lui dire, pour l'arbre. Elle aurait peut-être ramassé les papiers avec moi. Probablement. Quelque chose que je ne sais pas exprimer m'empêchait de le faire. De lui dire qu'un arbre se faisait parce que j'empilais des papiers pendant la nuit des enfants du monde. Que je ne savais pas où cela me mènerait.

Quand je veux dire quelque chose que je ne sais pas exprimer, j'essaie un peu, puis ça se dilue dans les choses qu'on peut dire. Pendant le séjour de nos amis, quand les hommes avaient trop bu, elle et moi avons dilué comme nous le pouvions ce que nous avions à nous dire.

Un soir, je leur ai pourtant parlé de la boulangère. Je ne mesure pas toujours les effets de la souffrance d'autrui sur l'âme de certains.

13. Les ramifications

Aujourd'hui, je ne sais plus compter le nombre de cercles qui dit l'âge de l'arbre, mais les papiers trouvés empilés ont perdu leurs angles. Un tronc presque rond, que mes deux bras pourtant longs ne suffisent pas à entourer, supporte deux branches maîtresses. L'une au nord, l'autre au sud. Chacune d'elle se ramifie rapidement. Chaque ramification en génère d'autres. Je devais être d'humeur fantasque lors des derniers empilages. Mais je n'écarte pas l'idée que l'arbre ait pu prendre, au cours de sa croissance, une certaine autonomie par rapport à mes rangements nocturnes. Il n'est pas impossible qu'ici les arbres, une fois en vie, se laissent pousser des branches, sans que personne n'y soit pour quelque chose.

Pas une feuille encore.

Au Grand Café, ils ouvrent plus tard. Tant qu'à faire. Ils ont barré l'heure d'ouverture habituelle. Ils en ont mis une autre en dessous. Celle qui suit. Toujours une en moins à devoir aligner des verres sur un comptoir. Notre ami a l'air perturbé. Il commence à modifier ce qui apparaissait déjà comme des habitudes.

14. Notre ami s'occupe du pain

L'homme du rectangle d'à côté creuse un rectangle dans sa terre, en son milieu. Il a commencé ce matin. Comme chaque jour, il a démonté sa cabane au lieu de manger. La jeune fille très brune promène son cheval pas très grand autour de notre voisin qui creuse. Je la sens inquiète avec son cheval. Elle doit se demander où ils passeront la nuit tous les deux, après avoir tourné. L'homme a l'air plutôt content de son nouveau projet.

C'est notre ami qui a été chercher du pain. Il y tenait. Il n'est plus le même depuis que je lui ai parlé de la situation de la boulangère. Il dit que le problème doit être sexuel, et que nul ne peut rester indifférent au problème sexuel d'autrui. En particulier quand autrui vend du pain en s'appuyant sur le comptoir sans soutien-gorge. De toute évidence, si la boulangère avait la santé pour ouvrir toute la journée, notre ami ne nous laisserait pas l'occasion de manger autre chose que ce qu'il ramènerait de chez cette pauvre femme.

La mauvaise santé de la boulangère préserve celle des enfants du monde qui ont besoin de melons et de pastèques pour grandir et faire de la couleur à poser sur les papiers trouvés. Je pressens vaguement que notre ami, particulièrement touché par la situation, prend peu à peu, et peut-être involontairement, une certaine distance avec la réalité. Ses propos restent cohérents. C'est dans son regard que quelque chose passe qui ne dit rien de bon. Par exemple, il dit que les problèmes sexuels sont inhérents aux métiers de boulanger et de boulangère. Est boulanger celui qui veut faire du pain, et en vivre. Devient boulangère celle qu'il aime ou celle qui l'aime (parfois les deux, surtout au début), et vend le jour le pain qu'il a fait la nuit, pour qu'il puisse en vivre.

15. Le dépôt de pain

Ils sont mal mis, aux Courses du Jour, entre la boulangerie et le Grand Café. Ils ont fini par couper la poire en deux : le lundi après-midi, et uniquement le lundi, ils auront un dépôt de pain. Sur le carton qui le signale, ils précisent que ce service est transitoire et qu'il y sera mis fin dès que la santé de la boulangère lui permettra de vendre du pain toute la journée. Qu'ils espèrent que personne ne verra là un opportunisme commercial mesquin. Qu'ils ne sont pas comme ça, aux Courses du Jour. Mais que pour certaines personnes, ici, c'est difficile, de ne pas pouvoir acheter du pain l'après-midi, ou impossible d'aller en acheter ailleurs. Que leurs vœux de bon rétablissement accompagnent la boulangère. Ils ne signent pas.

16. Depuis quand notre amie ne parle qu'aux chiens et à ces chiens d'hommes

Notre amie veut commencer la cigarette. Il n'y a pas assez de chiens ici, dit-elle. Parler si peu lui donne envie de fumer. Je lui dis que si elle commence à en acheter, elle aura du mal à arrêter. Qu'elle ferait mieux de passer sa journée dans le rectangle bleu.

Elle m'explique qu'avant d'arriver ici ils étaient ailleurs. Là où ils étaient, leur rectangle était très petit. Juste la place pour planter un abri. Autour d'eux s'agglutinait une multitude d'abris plantés sur une égale multitude de rectangles très petits. Que les chiens y étaient malheureux plus que les boulangères ici. Elle pense qu'on n'est pas malheureux parce qu'on a écrit qu'on l'est sur la devanture de son commerce. Que la souffrance des chiens, à qui les abris plantés ne laissent pas de place, est sans commune mesure avec celle d'une boulangère que les hommes se bousculent pour voir s'appuyer sur son comptoir avec un air de lui acheter un pain. Que, là-bas, personne ne regardait les chiens. Qu'il y avait un abri plus grand que les autres, où tout le monde allait danser le soir. Une fois qu'on avait planté son abri, là-bas, on ne pensait plus qu'à danser. C'est à cause de cela qu'elle a commencé à parler aux chiens.

Après une rapide évaluation des possibilités, je propose de lui fournir un paquet de cigarettes que j'irai chercher moi-même chez Merci Merci tous les deux jours. Elle ne prendrait pas de mauvaises habitudes. Quant à moi, dans la mesure où je dois m'occuper d'un nombre croissant de branches à empiler, je puis me permettre de ralentir l'achat d'échelles de taille supérieure, ou encore, de n'augmenter la taille de la suivante que d'un échelon à la fois.

Je ne sais toujours pas pourquoi elle ne veut plus parler aux hommes qui n'ont pas trop bu.

17. Au bord de moi

Les enfants du monde ont pris la couleur du rectangle où ils passent la journée. Quand ils montent sur l'arc-en-ciel, on dirait, vu de la maison, des gouttes d'eau bleue. Ils y montent souvent, pour dessiner leur vie sur les papiers trouvés qu'ils lâchent ensuite au vent. Ils ne savent plus qu'ils ont besoin de nous. Je ne puis m'empêcher de regarder s'envoler les papiers, que je ramasserai.

Alors même que l'idée d'un livre m'est devenue étrangère, je sens comme au bord de moi ce besoin d'une feuille restée blanche. Peut-être le savent-ils. Peut-être est-ce à cause de cela qu'ils remplissent sans cesse des papiers, et qu'ils ne savent rien, de là où ils les trouvent. J'ai tout de même du mal à leur prêter de telles intentions. Peut-être que leur vie prend toute la place. Ou que le vent fait ce qu'il veut de leur mémoire.

Le besoin de cette feuille encore blanche dans ma vie pour que je puisse écrire sans même l'idée d'un livre ressemble à quelque chose qui fait mal. Mais la peur de perdre ce besoin est plus grande que celle de ne jamais plus trouver de feuille blanche.

18. Les propos de notre ami

Notre ami va regarder la boulangère tous les matins. Il ne peut pas faire autrement. Quand il revient, il nous tient des propos cohérents. Il nous parle des problèmes sexuels de la boulangère. Ici, dit-il, par exemple, où l'on appelle « serpillière » un torchon, la forme du pain est éminemment phallique, comme par hasard. Forcément, comme n'importe où ailleurs, quand le boulanger travaille, la boulangère dort, et réciproquement. Ce qui ne manque pas d'avoir des incidences non négligeables sur la vie sexuelle de cette corporation. Mais donner au fruit du labeur de l'un une forme à ce point phallique, que l'autre a pour tâche de brandir, au sortir d'une nuit solitaire, à tout qui se présente, ne peut que mettre de l'huile sur le feu des problèmes de nature sexuelle (dont quiconque souffrirait dans un mode de vie conjugale à ce point tributaire d'un choix professionnel).

Notre ami dit qu'ici le boulanger travaille la métaphore dans un ancrage à la réalité qui le laisse sans voix. Regardez, dit-il. Il plante un pain dans le rectangle de terre. Regardez bien. Au milieu de la journée, à l'heure donc où la tétanie de la boulangère lui fait fermer boutique, le pain planté raide se ramollit et son extrémité supérieure se retrouve au sol. Autrement dit, quand elle peut, dit-il, du fait de sa santé, se reposer près du boulanger, ce qu'elle pourrait espérer de ferme et cuit à point se révèle mou et sans espoir.

Notre ami dit que tout réside dans la cuisson. Le boulanger est maître de tout, de la forme du pain, de la cuisson, et donc, de la boulangère. Notre ami pense qu'ici le boulanger fait la pluie et le beau temps. Que la boulangère fait ce qu'elle peut.

19. Les connaissances de Merci Merci

Nous ne voyons plus notre voisin. Il est au fond du rectangle qu'il continue à creuser. Avec une régularité qui m'impressionne, des pelletées de terre s'élèvent une à une du rectangle, qui de ce fait se creuse, puis retombent sur ses bords sans pour autant déniveler le terrain alentour, comme nous pourrions nous y attendre. Mais ici, en vacances, on ne s'attend à rien. Tout arrive, comme nos amis.

Nos amis et nous, avec les enfants du monde, avons mangé beaucoup de melons et quelques pastèques. Nous en étions à digérer tout cela quand Merci Merci est arrivé au bord du trou de notre voisin. Nous l'avons entendu dire : ta terre va devenir rouge. Ici, quand tu creuses plus profond que ta hauteur, la terre devient rouge.

La terre, par pelletées métronomiques, continuait à ne rien déniveler, mais le voisin a demandé comment. Comment il savait cela. Merci Merci a dit qu'il était un puits de connaissances. Que tout le monde ici le savait, surtout ceux qui fumaient des cigarettes. Qu'il savait tout ou presque, de ce qui peut faire mourir, mais aussi de ce qui, ici, a déjà fait mourir. Notre voisin a demandé à Merci Merci s'il savait quelque chose de ce qui pouvait le faire mourir, lui qui creusait un rectangle. Il a répondu que oui, mais qu'il était passé seulement pour lui dire que bientôt la terre serait rouge. Que c'était quelque chose, d'en arriver au rouge dans la terre, qu'il valait mieux le savoir avant. Nous avons tout entendu en essayant de digérer beaucoup de melons et quelques pastèques. Nous avons vu la fille très brune partir sur son cheval pas très grand, comme si c'était devenu trop pour elle, l'idée de la terre rouge.

20. Les hommes qui boivent sont comme des chiens

Je demande finalement à mon amie pourquoi elle ne parle aux hommes que lorsqu'ils ont assez bu. Et depuis quand. Parce qu'avant, avant d'arriver ici, je la voyais toujours parler aux hommes avec son sourire de femme.

Elle dit qu'elle aime les hommes pour ce qu'ils ont de chien. Qu'elle a compris cela en ce lieu où les chiens étaient plus malheureux que la boulangère ici (quoiqu'elle en écrive). Que les hommes crèvent comme des chiens, parce qu'ils n'ont plus d'abri. Plus de place. Qu'ils ne savent plus où aller. Alors ils travaillent, et parlent de leur travail, vont à leur travail, reviennent de leur travail, se reposent de leur travail, font des plans, pour leur travail, cherchent du travail, ont un travail, avancent dans leur travail, perdent leur travail, croient au bien-fondé de leur travail, rêvent de leur travail, organisent leur travail.

Elle pense que le travail est ce que les hommes ont trouvé, et pas les chiens, quand ils n'ont plus su où aller à cause des abris plantés. Ils croient, les hommes, que le travail éradique la souffrance et la solitude insupportable, mais elle sait, pour avoir parlé aux chiens, qu'il n'en est rien. Que c'est une quête impossible. Alors ça l'insupporte, elle, la place du travail pour eux. Pour leur parler, elle attend qu'ils aient bu. Quand les hommes ont bu, ils savent rire et pleurer. Parler d'eux, comme les chiens qu'ils sont alors.

À l'entendre, j'en viens à réfléchir à tout ça, moi aussi. Me vient cette idée que je n'ai jamais parlé aux hommes. Est-ce possible ? Je n'ai pas le moindre souvenir de leur avoir jamais parlé. Je ne sais pas ce que cela fait, de parler aux hommes. Mais je ne suis pas sûre que je verrais en eux des chiens.

Je sais quelque chose des couleurs de la vie, je sais m'occuper de tout, je sais m'oublier pour les enfants du monde et construire une maison, je sais écrire quand j'ai du papier, je sais ce que ça fait, dans ma vie, l'idée d'un livre à écrire. Mais je ne sais rien d'autre ou pas grand-chose. Tout de même, je sais qu'il y a un arbre qui grandit chaque nuit à force de papiers trouvés, ramassés, et empilés.

21. Je vais parler à un homme

Je lui demande de me dire ce qu'il sait de ce qui peut faire mourir. Il me tend un paquet de cigarettes. C'est difficile de sortir des habitudes. Je lui dis que je suis venue, aussi, pour parler à un homme. Il répond : c'est moi. Je le sens, nous sommes au bout de la conversation possible. Le quotidien n'ouvre aucune perspective. Le quotidien s'installe quand pour arrêter quelque chose on se préserve. On met alors en place ce qu'il faut pour que quelque chose d'autre se perpétue, dans l'idée que cela seul permet de ne pas vivre les jours terribles. Ma relation avec Merci Merci est à ce point inscrite dans le jour après jour que ce n'est plus un homme à qui je peux parler. Mais je sais que, quoi que je dise ou fasse, chaque fois que j'irai chez lui, il me tendra un paquet de cigarettes, et que chaque fois que je lui dirai quelque chose, il me répondra : c'est moi. Je sens tout ce que cela peut avoir de rassurant, un homme dans le quotidien, installé.

22. J'essaie un autre homme

Je dis à notre ami que c'est bien de s'occuper de la boulangère. Il ne répond pas. Il dit au revoir aux enfants étendus sur l'indigo comme des points de suspension bleus d'eau, et, à nous, qu'il doit aller regarder les boulangères d'ailleurs pour comprendre la situation de celle d'ici. Il n'a pas assez bu pour que notre amie dise quelque chose, elle continue à ramasser la peau des melons et des pastèques pour le retour de plus en plus improbable du cheval pas très grand qui ne mange rien d'autre.

Je me dis que je ne sais pas davantage parler à un homme de passage. Notre ami s'en va. À cet instant précis, notre amie entre dans le rectangle bleu, aussitôt entourée par les enfants que sa présence dans le bleu suffit à détacher de l'arc-en-ciel.

23. Il reste le voisin

Quand j'arrive au bord du rectangle qu'il creuse, le voisin est dans la terre rouge. Il était prévenu. Il est assis dans la terre rouge. Il pleure. Il doit être assis à pleurer dans la terre rouge depuis un certain temps. Les larmes en quantité, mêlées au rouge de la terre, cela fait comme du sang, au fond de son rectangle qui n'est pas prêt à devenir bleu. Il parle : restez au bord, ne descendez pas. Il dit : depuis que la profondeur du trou que je creuse est plus grande que la hauteur de mon corps, il n'y a plus de vent pour moi. Vous n'êtes pas assez grande pour descendre sans risque. Depuis ce moment, je me souviens de tout. Ici, avant qu'on vienne mettre la terre en rectangles, il n'y avait pas de place pour ceux qui pensaient autrement. Je me souviens de tous les bûchers. Le vent peu à peu a amené la terre, elle a tout recouvert, et le vent est resté. C'est après qu'ils ont fait les rectangles. Après l'oubli. Quand ils n'ont plus rien su des flammes dévorant ceux qui pensaient autrement.

Je ne peux plus ne plus me souvenir. Il n'y a rien qui puisse me sortir de cette mémoire-là. Parce que j'ai creusé jusqu'où le vent n'est plus possible. Parce qu'au fond de ça je suis assis, dans le sang encore rouge des hérétiques.

Je lui dis que je vais m'occuper de lui, que je lui apporterai ce qu'il faut pour le nourrir, que je veillerai à ce qu'il ne manque de rien. Ça ne me donne pas l'impression de parler à un homme.

24. Notre amie raconte des histoires

Dans le rectangle bleu, notre amie raconte des histoires aux enfants. Ça ne la fait pas parler, les enfants, ça lui fait raconter des histoires. Surtout, comme nous pouvons l'observer, depuis qu'elle a pris, elle aussi, la couleur des enfants.

Avec toutes ces histoires qui leur sont racontées, les enfants ne cherchent plus à trouver des papiers, comme si dessiner leur vie en chantant ressemblait à écouter des histoires. Ça me fait gagner du temps, la nuit. Et ça tombe bien, avec notre voisin dans le sang des hérétiques qui a des besoins dont j'ai promis de m'occuper. Mais je vais essayer de m'organiser. Je vais essayer de faire ce que je me suis engagée à faire, le jour, et éventuellement le soir. Je vais garder la nuit pour moi. Comme du temps sur lequel je pourrais écrire au bord de moi.

Il n'y a plus de papiers trouvés à ramasser et à empiler, ça donne du temps. Je n'ai plus l'usage d'une échelle ou la nécessité d'en acheter une plus grande. Je pourrais échanger la dernière contre tous les paquets de cigarettes qu'elle vaut et les donner à notre amie, mais dans le rectangle bleu, à raconter des histoires aux enfants, elle ne pense plus à fumer. Alors je propose l'échelle à mon voisin qui pleure. Je lui dis que je la pose, tout simplement, dans le sang. Que je l'appuie contre le bord supérieur. Qu'ainsi, s'il lui arrive, ne fût-ce qu'un moment, d'oublier qu'il se souvient de tout, elle sera là pour lui permettre de sortir. Je vois dans son regard qu'il n'est pas près d'oublier quoi que ce soit. Il marche dans ses larmes rouges, il tourne en rond, le sang des hérétiques lui arrive aux cuisses, et ralentit ses pas. Peut-être aussi la mémoire, en lui, pèse-t-elle. Si la mémoire a un poids, dans l'absence totale du moindre vent, au fond de son rectangle, il doit commencer à être lourd de tout.

25. L'heure du bilan

Je fais ce que je peux pour notre voisin. Je veille à ses besoins. Je n'ai pas de pouvoir contre le poids des souvenirs, contre la force du passé. Je ne peux que m'occuper de son présent. Et je le fais. M'occuper des besoins présents d'un homme pleurant ce qu'il n'a pas les moyens d'oublier, ça ne me fait pas lui parler pour autant.

Je peux néanmoins faire un premier bilan :

1. Je ne parle pas à un homme en l'interrogeant sur ses connaissances, a fortiori quand il est installé dans mon quotidien.

2. Je ne parle pas à un homme quand je le soutiens dans ce qu'il fait, surtout s'il est de passage.

3. Je ne parle pas à un homme quand je m'occupe de mon mieux de ce qu'il lui faut et qu'il a les pieds dans le sang du passé.

4. Je n'ai pas encore parlé à un homme. Ou le vent, ici, a emporté toute trace de ce souvenir.

26. Une lettre de notre ami

Depuis qu'il n'y a plus de papiers trouvés à ramasser, plus d'échelle mais, de toute façon, plus de papiers à empiler, la croissance de l'arbre a ralenti. Le tronc s'est épaissi, les branches maîtresses semblent prêtes à tout supporter, et les ramifications en sont à produire des branchages très fins. Le ciel est toujours bleu, quand je le regarde, avec l'arbre entre lui et moi. Même la nuit.

Ce matin, nous mangions du pain quand nous est arrivée une lettre de notre ami. Nous avons profité de ce rare moment tous ensemble sur le rectangle de terre pour la lire à voix haute. Les enfants peuvent tout entendre quand ils ont du pain à manger et un avenir en rectangle bleu, à écouter des histoires racontées comme des vies aux couleurs d'arc-en-ciel, de melons et de pastèques.

Il écrit qu'il remet en question ses premiers propos sur l'ordre sexuel des problèmes de la boulangère.

En partie tout au moins. Qu'il en a vu d'autres, des boulangères, en des lieux où le pain n'a rien d'un phallus. Là où il a été, il a vu des pains ronds et plats.

Mous, juste après la cuisson. À cet endroit du monde, les boulangères souffrent aussi de ce qu'elles peuvent. Même si elles ne l'écrivent pas en couleur sur leur devanture. Qu'il faut les regarder, pour le savoir, et qu'en les regardant on le voit tout de suite. Qu'il ne fait plus que ça, regarder les boulangères. Autre part, il a vu des pains certes un peu plus phalliques que ceux, ronds et plats, dont il vient de nous entretenir, mais rien à voir avec ceux d'ici, et d'ailleurs, là où les boulangers leur donnent cette forme, les boulangères les servent tranchés, le plus souvent. Il écrit qu'il ne faut pas noircir le tableau et qu'il sait qu'il ne regarde pas les boulangères pour rien. Parce que – et il est vraiment content de pouvoir nous l'écrire – il a vu des boulangères qui n'avaient pas cette souffrance-là, que nous avons tous pu observer avec la boulangère d'ici. Dès qu'il en saura plus, et assez pour faire quelque chose pour celle d'ici, il nous l'écrira, ou, mieux encore, il reviendra pour nous le dire de vive voix. Notre amie est partie en courant et en riant avec les enfants jusqu'au rectangle bleu. Ils devaient avoir tout oublié déjà, mais avec les histoires qu'elle leur a racontées, les rires ont continué des heures et des heures. Jusqu'à leur sommeil, jusqu'au début de ma nuit.

27. L'arbre a des feuilles

Je me suis allongée sous l'arbre et je me suis demandé où notre ami avait trouvé du papier. J'ai senti naître et grandir en moi le désir d'écrire une lettre. Le désir est devenu plus grand que tout. J'ai dû fermer les yeux pour le voir. Quand je les ai ouverts, je ne voyais plus le bleu du ciel au travers des branchages les plus fins. Je ne voyais plus les branchages. Je ne voyais plus que des feuilles blanches qui tremblaient dans le vent, et un tronc magnifique.

Les enfants attendaient déjà le pain sur le rectangle de terre. Notre voisin devait avoir du sang jusqu'en haut des cuisses. J'ai été nourrir tout le monde avec dans la tête un arbre au feuillage blanc de mon désir d'écrire, né de celui d'une lettre, dans la nuit des enfants du monde.

J'avais visé juste, concernant le niveau du sang dans le rectangle creusé, et le sexe de notre voisin avait toutes les caractéristiques du pain d'ici, telles que nous les avions répertoriées quand notre ami en avait planté un dans le rectangle de terre.

L'échelle, dans un premier temps bien trop grande pour le rectangle creusé de notre voisin, semblait avoir profité de l'ameublissement de la terre pour s'enfoncer dans le sol oublié. Je pouvais l'utiliser pour laisser glisser lentement le panier rempli de pain, de melons et de pastèques. J'attachais ensuite la corde à un échelon à ma hauteur, en veillant à ce que le panier soit accessible à notre voisin sans que la montée du sang ne gâte les aliments qu'il contenait.

La vue du sexe gonflé de mon voisin, entre l'un et l'autre de ces gestes, devenus mécaniques à force d'être accomplis, a comme laissé le vent se taire, l'espace d'un instant. Quelque chose m'appelait à descendre les échelons, à me pencher vers le sexe gonflé de notre voisin, et à le prendre dans ma bouche, pour offrir à sa mémoire autre chose que les bûchers qui brûlèrent ceux qui pensaient autrement. Autre chose que ce que l'on trouve, enfoui, dans les terres rouges de l'oubli. Il a vu ça dans mon regard, et le désir d'un sexe d'homme entre mes lèvres. De la tête, il a fait non.

En prenant des deux mains ce que ma bouche s'apprêtait à goûter doucement, il continuait à pleurer. Je me suis éloignée, pensant qu'il préférait être seul.

J'ai gardé, jusqu'à la nuit des enfants du monde, le goût du désir d'un sexe d'homme dans ma bouche, je me suis alors allongée sous l'arbre aux feuilles blanches.

28. L'homme qui ne dormait pas

Rien ne me permet de croire qu'ici tout existe, mais avec ce goût dans la bouche, j'ai ressenti le besoin de me lever, de regarder de plus près le feuillage blanc de l'arbre. J'ai écarté les branches, et j'ai vu, sur la branche maîtresse du sud, un homme qui ne dormait pas.

Il ne nous est pas venu à l'idée de ne pas nous regarder. Cela a pris un certain temps. Puis je suis allée chercher du pain.

29. Les phrases essentielles de ceux qui se croisent

Ce jour-là, qui a suivi la nuit où l'homme dans l'arbre et moi nous sommes regardés, la jeune fille très brune est revenue, avec son cheval pas très grand. Il a mangé les peaux de melons et de pastèques que notre amie lui avait réservées, puis ils ont tourné autour du rectangle creusé de notre voisin qui n'était pas loin d'en avoir jusqu'à la poitrine. Nous n'entendions rien, mais ils avaient l'air de parler, chaque fois qu'ils se croisaient, chacun tournant dans son sens.

Ils devaient avoir le temps de dire une phrase, elle, ou lui, à chaque croisement. Pas plus. Ils ne s'arrêtaient pas pour la dire. Ils devaient la faire courte et, compte tenu de la montée du niveau du sang, essentielle. Sans garantir l'exactitude des répliques, je peux imaginer leur dialogue, à cause de tout ce qui s'est passé avant. À cause de ce qui s'est passé le lendemain. Et parce que cela fait partie des choses que je sais faire, imaginer ce que se disent des gens qui se tournent autour et n'ont que les moments où ils se croisent pour se parler.

Le soleil était de plomb. Notre ami a beau penser que le boulanger fait la pluie et le beau temps, il subsiste un doute quant à son pouvoir de faire la pluie. Sans le rectangle bleu, il serait impossible d'étirer ainsi le temps de nos vacances.

Au Grand Café, quand ils ne parlent pas des conséquences de la santé de la boulangère, ou du bien-fondé de ses écrits, ils disent qu'avec cette chaleur, ils coulent à ne rien faire. Jamais ils n'ont vu le thermomètre aussi haut. Pourtant, je ne suis pas encore allée dans le rectangle bleu. Les vacances, pour moi, c'est aussi ne pas être tout le temps dans le même rectangle que les enfants du monde. Quand ils ont épuisé les conversations sur la boulangère et la chaleur comme jamais, ils parlent d'une petite fille qui s'est fait manger la moitié du visage par un chien peut-être même attaché, que c'est pas sa faute, à la pauvre petite, qu'elle n'a pas l'âge où l'on peut savoir que les chiens mangent le visage des enfants, et que donc, c'est bien les parents qui auraient dû le dire, à la gamine.

Je ne vais pas dans le rectangle bleu. Mais en dehors du moment où je vais chercher du pain, je ne m'éloigne guère, on ne sait jamais. Notre amie sait parler aux chiens, mais penserait-elle, en mon absence, à dire aux enfants du monde, s'ils venaient à sortir du rectangle bleu, que les chiens mangent les enfants que les parents ne préviennent pas ?

30. La deuxième nuit

La nuit arrive toujours au bout de la journée. Pour la deuxième fois, j'ai écarté les branches lourdes de feuilles, j'ai vu cet homme. L'homme de la nuit précédente. Il ne dormait pas. Il était là, à attendre de me regarder entre les papiers blancs. Moi aussi, j'attendais de le regarder. Nous l'avons fait longuement. Tout le temps que nous avons eu, pour nous regarder, nous l'avons fait. Je savais déjà, en cette deuxième nuit, que je finirais par ne plus savoir compter les nuits à le regarder. En cette deuxième nuit, il ne ressemblait déjà plus aux hommes que j'avais pu voir avant.

Sur la branche maîtresse du nord, j'apercevais une camionnette d'un modèle disparu. La tôle de la camionnette était suffisamment rouillée pour avoir pu porter n'importe quelle couleur sans en garder la moindre trace. L'homme, allongé sur la branche maîtresse du sud, me regardait, le menton posé sur le dos de ses mains croisées. Il y avait dans son regard quelque chose que je ne pouvais pas soutenir sans échappée, et la possibilité de me regarder vraiment très longtemps.

La nuit est sans vent, ici. On se souvient de tout, même si on ne sait plus compter. Les enfants dorment, depuis qu'ils ont appris à le faire. Je sais que je ne dormirai pas. Que je ne saurai plus rien faire d'autre, la nuit, ici, que d'aller près de cet homme qui ne dort pas, dans l'arbre des papiers trouvés.

31. Le lendemain

Je suis allée à la boulangerie. À mon retour, notre voisin en avait jusqu'au cou. Je lui ai donné du pain. La jeune fille très brune tournait toujours autour du rectangle rouge, avec son cheval pas très grand. Une corde était attachée au cheval, d'un côté, et aux derniers échelons de l'échelle, de l'autre. À chaque tour de rectangle, la corde s'enroulait autour de l'extrémité de l'échelle qui n'était pas immergée dans le sang du passé. Elle a dit : encore un tour et je pars, sinon je vais tomber. Il ne restait à notre voisin qu'une phrase possible, mais quand ils se sont croisés, il s'accrochait d'un bras à l'échelle, et avait la bouche pleine de pain.

Elle est partie avec le cheval pas très grand qui tirait la corde, et notre voisin accroché à l'échelle, la bouche pleine de pain. Les enfants du monde se sont mis sur l'arc-en-ciel pour voir ça. L'échelle, libérée de la boue qui l'enlisait, a laissé se dévider la corde. À chaque pas du cheval, elle tournait. Notre voisin passait en dessous, puis au-dessus, éclaboussant notre terre à son passage, du sang qu'il avait sur la peau. Rien à voir avec la pluie, ou avec les gouttes d'eau qui s'échappent de la serviette dans laquelle on a mis une salade que l'on essore d'un mouvement long et régulier de bras qui se balance. Le sang des autres ne rafraîchit de rien. Notre voisin, tout en tournant au rythme de l'échelle qui se dévidait, a réussi à en atteindre le sommet. Il a grimpé sur le cheval pas très grand et ne s'est pas retourné. Il avait retrouvé le vent de l'oubli. La fille très brune a dit : merci, Papa.

32. Les oiseaux rouges

Il y a tant de nuits que nous nous regardons que nous pouvons maintenant être ensemble sans nous regarder. Parfois, l'un de nous regarde ce que l'autre regarde. Parfois, nous regardons quelque chose ensemble. Souvent, nous regardons les oiseaux que nous n'avons jamais vus. Ils arrivent dans le sommeil des enfants, ils vont boire dans le rectangle rouge, ils partent, quand le soleil et le vent se lèvent. Cette nuit, ils ont fini par devenir rouges. C'était quelque chose de très beau, ces milliers d'oiseaux, rouges du sang bu, au bord d'un rectangle. Ça a fait chanter l'homme avec qui je les regardais. Je pourrais l'écouter chanter toujours. Il chantait ses chansons à lui, des chansons qui devaient avoir l'âge de la camionnette rouillée, mais dans chacune d'elle, j'entendais des mots qui n'étaient que pour moi. Je ne pouvais pas l'écouter chanter sans le regarder. Je le regardais chanter des mots rien que pour moi. Quand en chantant il a posé ses yeux sur moi, je suis tombée, amoureuse, au pied de l'arbre des papiers trouvés dessinés de la vie des enfants du monde que j'avais passé tant de nuits à ramasser, puis à empiler.

Je suis tombée amoureuse dans ce qui restait d'un champ d'anis. L'homme est descendu de l'arbre. Je ne sais pas qu'il m'a prise très doucement dans ses bras pour me poser sur la branche maîtresse du sud, à côté de lui. Je suis restée dans son regard. J'ai entendu qu'il ne chantait plus.

33. Le dialogue probable

Elle : Je suis venue te chercher.

Lui : Je ne peux pas partir d'ici.

Elle : J'ai besoin de toi, Papa.

Lui : Mais tu es partie.

Elle : Il n'y avait plus de place pour moi.

Lui : Pour qui crois-tu que je voulais un rectangle bleu ?

Elle : T'es-tu seulement demandé ce que moi, je voulais ?

Lui : Tous les enfants rêvent d'un rectangle bleu.

Elle : Je ne suis plus un enfant.

Lui : Tu seras toujours mon enfant.

Elle : Sors de là, Papa.

Lui : Je ne peux pas.

Elle : J'ai besoin de toi, Papa, maintenant encore.

Lui : Je suis dans le passé.

Elle : Sors de là, Papa.

Lui : Le passé me retient, je pleure, et ça fait du sang.

Elle : Et moi, je ne suis pas dans ton passé ?

Lui : …

Elle : Tu ne veux me voir que dans l'avenir que tu inventes pour moi.

Lui : Je voulais pour toi un rectangle bleu.

Elle : Moi je veux juste voir le monde, avec mon cheval.

Lui : Pourquoi restais-tu ici, à le promener ?

Elle : Tu remontais toujours la cabane.

Lui : Pourquoi es-tu partie ?

Elle : Ma place n'est pas là où tu veux qu'elle soit.

Lui : Pourquoi es-tu revenue ?

Elle : Je suis venue te chercher.

Lui : Je ne sais pas comment on peut oublier.

Elle : Encore un tour et je pars, sinon je vais tomber.

34. Les nuits deviennent plus longues que les jours

Finalement, nous étions mieux sur la branche que lui dans l'arbre et moi debout, ou tombée dans l'anis.

Quand la nuit commençait, je montais le rejoindre. Il est le premier homme à qui j'ai parlé, mais je ne sais plus quand cela a commencé. Ni comment. Probablement quand je suis tombée amoureuse. Pourtant, je ne le lui ai pas dit. Je ne lui ai pas dit que j'étais tombée amoureuse dans l'anis quand il m'a regardée le regarder chanter, et je ne sais pas qu'il m'a prise très doucement dans ses bras pour me poser à côté de lui. Je ne lui dis pas cette idée en moi, que je l'attendais depuis toujours. Parce que je ne sais pas comment on dit cela. Je ne l'ai jamais dit. C'est une idée que je n'ai jamais eue avant, je ne sais pas comment la dire.

C'est un homme qui ne connaît pas le silence. Il m'écoute, il raconte, le vent fait aussi du bruit dans les feuilles, et quand je ne suis pas là, il écoute la vie. Avec tout ce qu'il ne peut pas s'arrêter de raconter, les nuits deviennent plus longues que les jours. Souvent, j'ai envie de le toucher. Parfois, il me parle de sa camionnette. Il dit qu'elle est sur une autre branche. Qu'il m'y emmènera un jour. Depuis qu'il m'a dit ça, je sais quelque chose de l'attente. L'attente devient la possibilité d'un lendemain et donne à ma vie quelque chose qui tremble de douceur.

35. Notre amie écrit

Le rectangle de notre voisin est devenu bleu. Mais il n'est pas plus bleu que le nôtre. Le nôtre est bleu d'enfants. Le sien est juste bleu de bleu. Cela donne à notre amie une idée qui pourrait aider celui qui regarde les boulangères d'ailleurs en vue de trouver de quoi aider celle d'ici. Elle lui écrit que si un rectangle est plus bleu parce qu'il est rempli d'enfants, une boulangère, ici ou ailleurs, peut souffrir. C'est une possibilité à explorer. Quelque chose de cet ordre est arrivé à notre voisin, écrit-elle, qui se serait noyé si sa fille devenue grande n'était pas venue lui rappeler qu'elle avait besoin de lui, qu'à vouloir un bleu particulier, il a failli finir dans le rouge, et qu'il pleurait tout le temps. La boulangère, il est vrai, ne pleure pas tout le temps. Mais elle écrit tout de même qu'elle souffre, de toutes les couleurs. Peut-être qu'elle aurait pleuré tout le temps, si elle n'avait pas écrit qu'elle souffrait. Notre amie dit qu'elle n'arrive pas à exprimer clairement ses idées, à force de raconter des histoires aux enfants, mais qu'avec toutes ses observations à lui, les idées pas claires qu'elle énonce dans cette lettre lui permettront peut-être d'avancer dans ses recherches, et donc de revenir plus vite nous en parler de vive voix, ce qu'elle espère car, ajoute-t-elle, il lui manque, malgré tout. À être ici sans lui, elle commence à ressembler à un enfant. Elle a besoin de lui, pour être une femme.

36. Les haricots croquants

– Ton amie a pris une feuille de l'arbre, dans la journée, pour écrire.
– Oui, elle voulait que son homme revienne plus vite.

De nous retrouver assis, une table entre nous, comme n'importe qui, après toutes ces nuits sur une branche, ça nous donne comme le besoin de reprendre contenance, même dans une camionnette rouillée accrochée à un arbre. Nous ne sommes pas prêts à nous regarder. Nous faisons tout ce que nous pouvons pour ne pas aborder la seule chose dont nous avons envie de parler, mais il y a toujours des mots qui glissent et des phrases que l'on peut entendre comme on veut.
– Tu as entendu parler des problèmes de la boulangère ?
– La boulangère est encore un enfant parce qu'elle croit qu'il lui manque quelque chose pour être une femme. Elle ne sait pas ce que c'est, son bonheur, alors elle souffre, comme d'autres cherchent.

Nous continuons à jouer à un homme et une femme qui mangent des haricots croquants et une côte d'agneau dans une camionnette perchée.

— Si j'avais l'idée d'un livre, je ne prendrais pas les feuilles de ton arbre pour l'écrire. J'aime ces feuilles entre nous. J'aime qu'elles nous cachent, aussi.
— Ne t'inquiète plus pour le papier. Quand tu auras l'idée d'un livre, je m'occuperai du papier.
— Je ne veux pas avoir besoin de toi.
— Ce n'est pas de cela que je parle.

Les regards deviennent inévitables. Mais nous arrivons encore à parler d'autre chose que ce à quoi nous ne faisons que penser.
— Il y a longtemps que tu habites ici ?
— À peu près depuis toujours. Je pose ma camionnette où j'ai envie de vivre. Je n'ai pas envie de vivre n'importe où. Je suis sensible aux lieux. Dans cet arbre, je suis bien. Je suis content que tu sois là, cette nuit.

Je dis : moi aussi. Je ne sais rien dire d'autre à cause du plaisir d'avoir entendu ça. Et du désir de le toucher. Mais c'est un homme qui ne connaît pas le silence. Il me raconte les autres lieux, des bribes de vie, des rires et des larmes, des histoires de petit garçon. Il fait durer la nuit comme jamais. Mais le matin finit toujours par arriver.

37. Promenez-vous avec un stylo, on vous prendra pour un écrivain

J'ai son visage, sa voix, ses histoires, les images de nous, une table au milieu, et le souvenir précis de tous nos regards, en moi, toute la journée. À cause de cela, je peux vivre chaque jour sans attendre la nuit. Ou plutôt, dans une attente de la nuit qui n'empêche pas de vivre le jour. Il m'arrive de ne pas même penser à aller acheter des cigarettes.

Au Grand Café, on me demande si je suis écrivain. On s'en doute, parce que venir là avec un stylo pendant des heures... Je dis que je viens là avec un stylo parce que dans le rectangle, avec les enfants du monde, c'est difficilement imaginable. On me demande si je n'ai pas trop chaud, parce qu'on n'a jamais vu une chaleur pareille. Ça donne un drôle de goût à la bière, la chaleur jamais vue, vous ne trouvez pas ? Il y a des gens qui commencent à mourir d'autre chose que de la cigarette, ici, à cause de cela. On dit que le marchand de cigarettes la trouve saumâtre, cette chaleur, comme s'il devait avoir le monopole pour ce qui est de mettre un terme aux choses, non mais, je vous jure.

Je vais promener mon stylo ailleurs, chercher des melons et des pastèques. Ils n'ont qu'à aligner sur le comptoir des verres à renverser.

38. À quel point on peut être bien n’est pas quelque chose que l’on peut mesurer

L’autre nuit, le matin est arrivé si vite que nous n’avons pas eu le temps de nous dire au revoir. On s’est regardés très doucement avec dans les yeux tout ce que les mots retenus y avaient laissé, puis je suis partie. Alors, cette fois-ci, on a commencé par ça. Par se dire au revoir. On a pris tout le temps qu’il fallait. Il a voulu parler d’abord, mais je savais que si je le laissais faire, on n’aurait pas le temps, cette fois encore. Je lui ai dit au revoir. Je me suis levée, j’ai tendu ma joue, et j’ai croisé ses yeux, lentement. J’y ai trouvé tous les mots retenus. Pas ceux de ses histoires. Les mots auxquels il ne savait pas ne pas penser. Et il m’a prise dans ses bras.

Je ne savais rien de ce geste avant. Je savais quelque chose des mots retenus. Je savais mon désir, tout le temps, de le toucher. Je ne savais rien de ses bras qui allaient me retenir contre lui. Je n’avais pas pensé à mesurer à quel point je pourrais être bien, dans ses bras. À quel point on peut être bien n'est pas quelque chose que l'on peut mesurer. Mais être bien à ce point où je l'étais dans ses bras ne permet plus de penser. Nous nous sommes dit au revoir jusqu'aux cris des enfants qui réclamaient le pain. Je suis allée m'occuper de tout avec cette idée que je ne m'étais jamais sentie chez moi comme dans ses bras. Je ne lui dirai pas. Tout ce que je ne lui dis pas fait briller mes yeux et donne à ma peau un parfum que j'aime.

Je ne lui dirai pas non plus que le jour aussi, je suis dans ses bras. Que je n'ai pas mal, de son absence que je ne connais pas. Mais je le sens, il doit savoir quelque chose de ce qui m'a fait tomber dans l'anis, parce que c'est un homme qui écoute les vies autour de lui, les petits bruits du monde.

39. Le retour de notre ami avec son plan

Notre ami est revenu très excité. Il a sorti la femme qui l'attendait du rectangle bleu, il lui a dit qu'il avait remis les idées qu'elle lui avait écrites en bon ordre, qu'il savait ce dont la boulangère pouvait souffrir, et qu'il avait besoin d'elle pour son plan. C'est un plan qui nécessitait aussi que les enfants sortent du rectangle bleu. Je trouve qu'il fait chaud pour cela. Juste le temps d'aller chercher du pain, dit-il, et c'est le meilleur moyen de donner une idée à la boulangère de ce qui pourrait améliorer, voire résoudre, sa situation, en toute délicatesse. Son rôle avait été de regarder la boulangère d'ici et celles d'ailleurs, de tenir des propos cohérents, qui viendraient à bout de ce problème qui nous touchait tous et mettait aussi en péril les relations des commerçants d'ici. À terme, tout cela pouvait avoir des conséquences que nous ne semblions pas entrevoir. Dans son rôle, il avait fait un plan. Le moins que nous puissions faire était de lui permettre de tenter de le réaliser. Je dois admettre que ma réaction était assez égoïste. Je voyais déjà mon amie arrêter de raconter des histoires, les enfants recommencer à trouver des papiers à remplir, que je n'aurais plus qu'à ramasser et empiler. La nuit, j'avais autre chose à vivre. Je ne pouvais envisager que les problèmes de la boulangère m'empêchent de vivre ce que j'avais à vivre. Selon notre ami, il suffisait qu'ils sortent du rectangle bleu, qu'ils aillent chercher du pain en chantant. Il fallait des enfants et une mère, les uns n'allant pas sans l'autre, pour son plan. Cela devrait suffire, pour donner à la boulangère l'idée de la solution à son problème.

40. Des mots glissent au bord de l'eau

Nous avons commencé à dire quelques-uns des mots retenus. Mais les mots retenus qui se disent ne sont pas de ceux qui peuvent s'écrire. Je peux écrire que nous n'étions pas dans l'arbre. Que nous étions allongés au bord du rectangle bleu de notre voisin. Absolument seuls au monde. Nous regardions le bleu pour laisser les mots parler. Les mots retenus qui se disent arrivent sur la peau et au creux de soi, ils entrent dans les corps et on ne sait plus rien d'eux que la douceur dans les rivières et les fleuves des veines. On pourrait croire que le vent les emporte, ce n'est pas ça. Surtout la nuit, parce qu'il n'y a pas de vent pour emporter quoi que ce soit.

Il y a des mots qu'il a écrits du bout de l'index trempé dans le rectangle bleu du voisin. Il parlait. Il racontait. Les mots retenus et lâchés se mêlaient à ses histoires et aux mots qu'il écrivait, du bout de l'index, sur mon ventre. Je fermais les yeux, et je lisais ce qu'il écrivait sur moi.

Il lui a fallu du temps. Je pouvais le lire. Il est quelqu'un à qui il faut du temps. Il me racontait tout ce qui ne lui passait pas au bout du doigt. Puis il écrivait encore que du temps dans une histoire comme la nôtre, ça devait faire trois siècles, puis il me disait des mots qui entraient dans mon corps et il continuait, du bout de son index mouillé. J'aurais pu le lire et l'écouter sans fin. Je pense que trois siècles, ça ressemble à sans fin.

41. De toute façon, il faut du pain

J'ai laissé partir les enfants du monde avec notre amie sans trop d'inquiétude, elle sait parler aux chiens. Avec elle, je pense qu'aucun chien ne penserait à leur manger la moitié du visage, même si les enfants du monde ne sont pas prévenus de ce que les chiens font, parfois. Ils étaient beaux, sur la route, bleus et remplis d'histoires, je crois qu'ils chantaient. Notre ami les précédait discrètement. Il leur avait dit de ne pas prendre de pain pour lui, exceptionnellement. Il nous avait expliqué qu'il arriverait avant eux, et s'embusquerait. Il voulait les voir arriver et regarder la boulangère, quand ils entreraient lui demander du pain. Il saurait très vite si cela lui donnerait une idée pour ne plus souffrir.

Je n'avais pas encore vu notre rectangle sans les enfants du monde. De part et d'autre du rectangle de terre, leur père et moi, nous ne nous disions rien, et sans étonnement. Nous sommes restés à ne rien nous dire, jusqu'à leur retour. Nous ne savions pas quoi faire de nous deux, sans eux. Nous n'y avons peut-être même pas pensé. Nous attendions leur retour, le pain et des nouvelles de la boulangère. Je me suis dit qu'il n'y avait pas encore d'odeur dans mes nuits. Je regardais la route et je me demandais à quoi pouvait ressembler l'odeur d'un homme qui ne dort pas parce qu'il attend de me voir, dans un arbre. Celui-là, surtout. Je me demandais avec une force rare quelle était l'odeur de cet homme que j'avais à ce point envie de toucher.

42. Nos amis sont partis

Les journées sont de plus en plus courtes, au regard des nuits. Pourtant, le temps que je lui raconte cette journée, il restait à peine de quoi écrire quelques mots sur mon ventre.

Notre ami était revenu. Il n'y avait plus rien qui ne tournait pas rond dans son regard. Il a dit que tout était en ordre. Que la boulangère avait enlevé de sa devanture l'écriture de sa souffrance. Qu'il était temps pour eux de rentrer. Il a replié leur abri. Il nous a demandé de regarder le ventre de la boulangère et de lui donner de ses nouvelles. Les enfants ont eu du mal à se séparer. Notre amie a tourné autour du rectangle bleu. À chaque pas, elle se penchait, déposait un livre. Les enfants du monde ont oublié les larmes de la séparation et n'ont pas eu le temps de penser aux histoires qui risquaient de leur manquer. Chacun d'eux a choisi un livre et a appris à lire.

Les enfants apprennent très vite ce dont ils ont besoin. Chaque livre déposé par notre amie est devenu un livre à lire. Ils en prenaient un, plongeaient dedans, et allaient le ranger, après, dans une couleur de l'arc-en-ciel. Nos amis sont partis.

J'ai passé la nuit à raconter la journée. J'ai mis tout ce temps, juste pour lui dire que mes enfants savent maintenant plonger dans des livres. C'est la première fois qu'il n'a rien raconté. Il m'a écoutée dans un silence tel que je n'ai rien su du temps qui passait. Quand je me suis tue, il a ouvert mon chemisier, il a mis son index dans l'eau bleue et il a écrit sur mon ventre. La première lettre avait une longue hampe. Son doigt mouillé l'a tracée jusqu'à mon pubis. Au plus bas de la hampe, je ne pouvais plus avoir envie d'une autre lettre. La troisième lettre avait elle aussi une longue hampe. Son doigt mouillé l'a tracée, passant entre mes seins, jusqu'à ma gorge. À cette hampe, accroché à son tiers supérieur, un petit trait devait encore être tiré jusqu'à la pointe de mon sein gauche. Ces premières lettres m'ont mise dans un tel trouble, que je n'ai plus pu lire les autres. Le jour s'est levé.

43. Il pleut

Notre ami savait de quoi il parlait. Le ventre de la boulangère est plus rond que tout. Au Grand Café, ça les laisse sans voix. Ils n'ont plus le temps de rien. Tous ceux qui viennent pour voir le ventre de la boulangère oublient qu'ils ont besoin de pain et vont vider une bière. Ils restent debout devant le comptoir avec des airs rêveurs. Le bonheur flagrant de la boulangère rejaillit sur tous. Aux Courses du Jour, ils vendent des fleurs.

Que le tracteur du médecin soit régulièrement garé en face de la boulangerie permet à chacun de vivre les événements dans une joyeuse insouciance, nul ne s'en prive. C'est plus fort que moi, avec le pain, je ramène des fleurs. Il n'y a pas de vase dans la maison, personne n'y a pensé. Je mets les fleurs dans le rectangle bleu. À cause des couleurs de l'arc-en-ciel, je ne peux pas les choisir au gré de mon humeur. Il est de mon ressort, chez nous comme ici, de veiller à l'harmonie du lieu sur lequel nous sommes posés. J'écris tout cela à notre ami. Il est aussi de mon ressort de veiller aux liens entre nous et ceux qui sont nos amis. Je lui écris qu'il pleut. Parce que c'est vrai.

44. Là où va la pluie

Rien ne permet de croire que la pluie pourrait cesser. Le ciel est d'un bleu rare, comme rempli d'une multitude d'enfants, et la pluie, sans être drue, n'en finit pas. Les terres restent sèches, le rectangle bleu garde ses dimensions, je ne sais pas où va la pluie qui nous tombe dessus. Je pourrais aller voir celui qui, ici, fait la pluie et le beau temps, mais il dort le jour. Et la nuit, j'ai d'autres désirs que d'aller parler au boulanger. Inutile d'attendre une réponse instructive de Merci Merci. Il me tendrait un paquet de cigarettes ou me dirait : c'est moi, si je faisais mine de pousser plus loin mes investigations.

Sur la branche maîtresse du sud, protégés par le feuillage blanc, nous ne sentons pas la pluie. Nous mangeons des fraises. Je mange celle qu'il me tend, et j'en profite chaque fois pour goûter la pulpe de ses doigts, même s'il y a peu de chances pour que cela me dise quelque chose de l'odeur de son corps. Puis, je lui tends à mon tour une fraise. Il la prend dans sa bouche et mord un peu le bout de mes doigts. Je n'ose lui demander s'il veut savoir quelque chose du goût de mon sang, alors, entre deux fraises tendues au bord des lèvres, je lui demande s'il sait où va la pluie. Il dit que oui. Qu'il y va souvent, pendant que je vis ma vie, qu'il peut passer des heures, là où va la pluie. Sur ses doigts, le jus de la fraise dessine des veines rouges. De ma langue, je cueille la goutte et j'efface le trait en remontant jusqu'au sommet, où une fraise m'attend, puis je regarde d'autres gouttes dessiner d'autres veines. Il n'y a aucune raison que quelque chose s'arrête. La pluie, comme le jus des fraises, ou mon désir de poser mes mains sur sa peau.

45. Encore un départ

Merci Merci tourne autour de notre rectangle. L'anis fouette ses cuisses. Il regarde l'homme avec qui je vis. J'observe leur manège. L'un tourne autour de l'autre et le regarde, l'autre a les yeux fixés sur le rectangle de notre voisin, toujours bleu, sur lequel flottent de petites plumes rouges, comme un rappel léger à nos mémoires livrées au vent.

— Tu viens me dire que tu sais quelque chose ?

— Je viens te dire que je sais ton besoin d'être ailleurs. Viens avec moi.

— Tu ne vends plus de cigarettes ?

— Depuis que la boulangère a le ventre rond, plus personne n'achète de cigarettes.

Merci Merci n'a pourtant pas l'air de souffrir. Il ne me regarde même pas. Comme s'il n'avait plus rien à me dire.

— Où veux-tu que j'aille, avec toi ?

– Je sais pourquoi et comment les gens meurent. Je ne peux rien y faire. Je veux savoir ce qu'ils deviennent, après. Je veux savoir si les gens ont une âme, et ce qu'elle devient.
– Tu penses aux hérétiques ? Tu penses que leur âme continue à penser autrement ?
– On a brûlé les hérétiques, mais si tu creuses, ils saignent toujours.

Moi je décroche. Je ne comprends pas que l'on puisse s'intéresser à une âme sans corps. Je ne comprends pas qu'autre chose que la vie puisse exister. Ils parlent à quelques pas de moi, mais l'homme avec qui je vis est déjà parti depuis longtemps. Il est resté avec nous juste le temps de savoir qu'il devait être ailleurs. Ça ne nous a pas laissé grand-chose à nous dire, sa façon d'être toujours ailleurs.

Les enfants du monde, plongés dans les livres et le bleu parsemé de fleurs du rectangle, regardent partir ailleurs celui qui n'est jamais là.

46. J'entends seulement mon corps

Je me promène chaque nuit dans les histoires qu'il me raconte. Je crois que je vais bientôt le toucher. Je crois que je ne vais plus attendre. Je ne sais d'ailleurs pas ce que j'attends.

Je vais poser ma main sur son sexe et je vais partir dans un rire plus léger que tout. Je vais poser ma main sur sa poitrine, pour écouter comment la vie bat en lui. Je vais effleurer son bras ou secouer ses cheveux.

J'ai peur de ce que va nous faire ma décision de le toucher. J'ai peur de faire un geste, et de tout perdre. J'écoute les histoires et j'entends seulement mon corps.

47. Je recommence à fumer

Je me retrouve seule, avec les enfants du monde qui ont besoin de livres, et je me dis qu'il va falloir agir. Rien ne me permet de croire qu'ici les livres tombent du ciel comme la pluie. Je commence à ramasser les feuilles de l'arbre que le vent essaie d'emporter. Je les empile. Au rythme où elles tombent, il n'y a pas de risque que la pile devienne un arbre. Rien à voir avec les papiers dessinés et les heures qu'il me fallait pour les ramasser. Mais le vent me fait courir. Je veux mettre toutes les chances de mon côté, je recommence aussi à fumer, sauf quand je vais chercher du pain.

La boulangère ne peut plus s'appuyer à son comptoir. Son ventre est rempli d'enfants à qui elle chante son bonheur, entre deux clients. Tout le monde voudrait l'entendre chanter, mais elle dit qu'elle ne veut pas mélanger sa vie de famille et sa vie professionnelle, ce en quoi je lui donne raison. Il serait un peu fort d'exiger de la boulangère qu'elle chante son bonheur à ses enfants devant une clientèle pour qui elle condamne déjà une grande part de sa vie sexuelle. Sans compter que parmi cette clientèle, certains ont montré peu de compréhension devant sa situation quand, sa souffrance affichée en couleur, elle devait renoncer à leur servir du pain, l'après-midi.

48. J'ai pensé que j'étais une rivière

La nuit et la pluie tombent toujours. Ce n'est pas comme les livres. La dernière fois que la nuit est tombée, nous sommes allés dans la camionnette rouillée, mais pas autour de la table. Nous nous sommes assis sur les sièges, lui derrière le volant, moi à côté de lui. Nous avons fait tout ce que font ceux qui ont envie de se toucher, dans les limites non négociables d'un lieu exigu. Nous avons retrouvé nos vingt ans et les moments volés où l'on ne parle plus, sur les banquettes d'une voiture empruntée pour un soir.

De là où nous étions, nous pouvions voir de l'eau qui courait entre les terres et le ciel noir. Il m'a dit que c'était là qu'allait la pluie. Qu'elle se faisait rivière et fleuve, qu'elle allait plus loin encore. Puis sa langue dans ma bouche m'a fait penser que j'étais une rivière moi aussi, que je courais entre les terres, que j'allais plus loin encore.

49. Les femmes font ce qu'elles peuvent, mais n'y arrivent pas

La boulangère a fini par laisser ses enfants sortir de son ventre. À chacun, elle a chanté une chanson un peu déchirée par sa difficulté à les mettre au monde. Ils ont tous reçu pour prénom une chanson déchirée. Ils allaient dans tous les sens et ne pouvaient s'empêcher de croquer le pain de leur père comme si se nourrir du fruit de son absence leur offrait le goût de sa présence. Elle devait sans cesse les appeler pour qu'ils reviennent dans ses jupes, ça la faisait chanter longtemps et donc, inévitablement, devant les clients. Les femmes qui travaillent et veulent s'occuper de leurs enfants font ce qu'elles peuvent et n'y arrivent jamais. Si elles sont seules à assurer l'amour et le reste des nécessités pour les enfants, elles finissent par mélanger la vie professionnelle avec la vie familiale, parce qu'elles ne peuvent pas faire autrement. Même quand elles chantent encore. Parce que beaucoup finissent par ne plus chanter. Le boulanger assure le pain, c'est déjà ça, mais de toute évidence, cela ne suffisait pas. J'ai proposé aux enfants de la boulangère de venir dans le rectangle bleu. Ils se sont mis à vivre leur vie dès qu'ils ont quitté ses jupes. J'ai tout écrit à notre ami. Je lui ai dit qu'il pouvait continuer à compter sur moi, que je faisais ce qu'il fallait, pour la boulangère et sa souffrance possible.

50. Qui peut nommer les choses ?

Nous avons marché longtemps pour arriver au loin. De l'arbre aux feuilles blanches jusque là où va la pluie, nous nous sommes donné la main. Je ne voulais pas parler. Je voulais savoir ce qu'il me restait de l'odeur de son corps dans le souvenir de sa langue dans ma bouche. Mais j'aimais bien lui donner la main. Cela faisait ressembler la nuit à un voyage au-dessus de nos pas. C'est ici, me dit-il au bout du voyage, que va la pluie. Ça s'appelle des rivières et ça coule dans un lit. Au fond du lit arrivent les poussières de toutes les peines, que la rivière entraîne puis dépose. Quand elles sont déposées, elles ressemblent à de la boue et on les appelle des alluvions, mais ça ne sent pas bon. Je lui dis que les enfants de la boulangère sont nommés par des chansons. Je me demande, lui dis-je, qui nomme ce qui n'a pas de mère. Qui a appelé alluvions les poussières puantes des peines abandonnées ? Qui peut nommer les choses ? Il me dit que personne ne peut le faire. Mais que tout le monde essaie, sauf ceux qui écrivent des histoires. Ceux-là savent qu'ils n'ont les moyens de rien, alors ils écrivent des histoires pour tenter de dire ce qu'ils ne peuvent pas nommer. J'aimerais qu'il donne un nom aux deux cours d'eau qui longent l'étroite bande de terre sur laquelle nous marchons, parce qu'à cause d'eux nos épaules se touchent. Il me regarde dans les yeux, avec ce que tout le monde appelle de la tendresse. Il me dit : viens, allonge-toi sur la bande de terre, à côté de moi. Je vais t'apprendre à dormir.

51. Le vent dans mes cheveux

Dans le rectangle bleu, les enfants qui lisent des livres et ceux que l'on appelle en chantant sont mélangés aux fleurs. En les regardant ainsi vivre leur vie, je me dis que les mots des livres et ceux des chansons sont les seuls qu'ils connaissent. Je leur apprends les mots à dire et, avec une facilité joyeuse, ils commencent à parler. En un tour de main, ils apprennent le doute, la blessure, le désir, l'attente, ils pensent, réfléchissent, imaginent, et avant que j'aie compris ce qui se passait, ils ont perdu l'insouciance. Le vent souffle dans mes cheveux un peu de désarroi. Je ne peux pas me permettre de le laisser faire. Je demande aux uns de m'apprendre à lire et aux autres de me dire comment on les appelle. Ça fait tomber la nuit et le vent.

52. J'apprends à dormir

Nous nous donnons la main jusqu'à l'étroite bande de terre et je m'allonge entre les deux rivières. L'homme de mes nuits s'assied. Je pourrais le toucher, mais cela m'empêcherait de dormir. Il parle et me raconte les histoires de sa vie avec une voix terriblement douce qui se mêle au bruit des eaux de toutes les peines. J'apprends à dormir. Je ferme les yeux, mais mon envie de le toucher ne me permet pas le sommeil. Je lui dis que je n'y arrive pas. Que sa voix douce et sombre ne suffit pas. Il me dit de fermer les yeux encore. Puis il ôte mes vêtements, avec la même douceur que celle qu'il met dans sa voix. La terre est chaude et humide. Il ne parle plus. Je n'entends plus que les rivières et ses mains qui effleurent ma peau. Il n'écrit rien sur mon ventre. Il dessine mon corps. Mon corps entre ses paumes est comme la terre. Je prends la forme qu'il me donne. Ses mains sur mes genoux écartent mes jambes, se posent en leur confluent, l'ouvrent et s'y promènent sans jamais se toucher, et s'arrêtent sur mes hanches. Sa langue est chaude et humide, comme la terre et moi. Elle parcourt lentement chaque page et plonge au cœur de mon livre rouge. Je n'existe plus que là.

53. La boulangère, encore

J'écris à notre ami que je fais ce que je peux, mais que rien n'est finalement résolu pour la boulangère. Elle n'en est pas encore à l'écrire sur sa devanture, mais son corps se fane et ses yeux ne disent rien qui ressemble à de la joie. Je dis à notre ami qu'un homme qui travaille dès qu'il ne dort pas, c'est comme un homme toujours ailleurs. Que je connais ça. Je lui écris que les enfants ne sont pas là pour le bonheur de leur mère. Ils ont leur vie à vivre. Même si les femmes croient souvent que sans eux elles ne seraient pas des femmes. Elles croient qu'il leur faut des enfants, pour être heureuses. De toute évidence, ça ne suffit pas. Je lui écris que je pense à ses premiers propos, sur la nature probablement sexuelle des problèmes de la boulangère. Et qu'il n'est peut-être pas loin de la solution. Que j'ai une petite idée. Que je vais voir ce que je peux faire de mon côté, afin qu'il ne soit pas obligé de revenir jusqu'ici.

54. On dirait que j'ai dormi

Parce que l'aube s'annonce. Nous sommes nus et enlacés, là où va la pluie. Il dort encore. Je le regarde. Mon envie de le toucher est intacte, mais je ne veux rien perdre de cette possibilité de le regarder. J'attends qu'il ouvre les yeux. Je vois son sexe qui s'allonge, se tend. Il referme les yeux pour me laisser le regarder. Puis nous nous habillons, nous nous donnons la main, nous rentrons. Nous allons là où le soleil se lève. Sa queue toujours dressée semble nous indiquer le chemin, sous le lin souple de l'été. Entre mes jambes, mes lèvres sont gonflées de souvenirs. Je n'ai pas besoin de parler. Juste sa main dans la mienne.

55. Les enfants du monde veulent voir leur père

Nous faisons de notre mieux. J'avais les nuits sans eux. J'ai maintenant un jour ou l'autre en plus. Ces jours-là, il arrête d'être ailleurs. Il est là où nos enfants sont. Ils y vont en chantant et en riant, ils reviennent de même.

Les jours où les enfants du monde ne sont pas là, les enfants de la boulangère retournent dans ses jupes. J'ai les journées vides et les lèvres gonflées. J'attends la nuit en regardant l'arbre, dans le champ d'anis.

Au début, j'ai pensé que ces jours ressembleraient vite aux nuits. Je les attendais. Je pensais qu'au retour nous irions dans la camionnette ou dans le rectangle bleu. Mais non. Il m'a dit que notre histoire était pour la nuit, quand le temps s'étire, quand les ténèbres nous cachent, là où mon désir a fait un arbre pour qu'il se pose, là où la pluie du bonheur des uns va, emportant les peines des autres.

Les jours où les enfants du monde vont voir leur père, je commence par ramasser les pastèques et les melons, je range les livres abandonnés. Il me reste des heures pour attendre la nuit. Mais elle finit toujours par arriver.

56. Nous ne dormons pas chaque nuit

Souvent, nous avons envie de parler. La nuit dernière, par exemple, nous étions assis. L'un contre l'autre. Parce que nos corps ne peuvent plus ne pas se toucher. Je lui ai raconté mes jours, et la boulangère.

Il faut un homme dans les jours de la boulangère et dans les miens. Lui ai-je dit. Il me dit que c'est autre chose qu'il faut dans mes jours. Que je dois chercher ça. Que pour la boulangère, évidemment, avec son mari qui dort le jour et elle la nuit, il y a une impossibilité majeure. Qu'elle ne peut éviter la souffrance avec un homme qui travaille au lieu de l'aimer. Qu'il va essayer de m'aider à comprendre ce qu'il faut à la boulangère. Il m'a dit d'aller nue, dans l'eau de la rivière, pour comprendre. J'ai fermé les yeux et j'ai tourné lentement. Je sentais l'eau qui me caressait, délicieusement, mais je ne voyais toujours pas, pour la boulangère. Alors je l'ai regardé, lui. J'ai vu son regard sur mon corps. J'ai eu envie de tourner encore, dans l'eau, de danser, dans le courant qui me troublait. J'ai compris pourquoi la boulangère se fanait, et ce qui était vide, dans son regard.

57. Je vais voir le docteur

Donc, il faut à la boulangère un homme qui la désire. Un qui bande pour elle. Un qui ne puisse faire autrement que de la regarder. Un qui ne serait pas dans le vent de l'oubli. Inutile de penser au voisin, il n'est plus là. Merci Merci ne s'occupe plus des corps. Et celui avec qui j'occupais le rectangle de terre est en train de devenir père. Au Grand Café, ils vident leurs bières, ce n'est pas bon pour que se tendent les désirs. Aux Courses du Jour, ils se remplissent les poches à croire au bonheur de la boulangère, et notre ami est loin. Reste le docteur.

Je laisse un pain sur son tracteur. Je passe ma journée sans enfants, à la terrasse du Grand Café. Avec mon stylo. Notre ami est sceptique, il veut des détails.

Le docteur est venu. La boulangère avait des enfants plein les jupes. Ce n'était pas idéal. Je note pour notre ami : je ne peux écrire que quand mes enfants sont ailleurs. Il y a peu de chances que quand les siens lui courent autour, elle puisse faire autre chose que chanter et vendre du pain.

58. Les mots de l'amour

J'ai envie de lui dire je t'aime et de l'entendre me le dire. J'ai envie de dire et d'entendre tous les mots des histoires d'amour. Pour savoir que c'en est une. Et parce qu'on les entend encore, longtemps après. J'ai envie des mots de l'amour pour que les mots fassent de nous des amants magnifiques. Parce qu'il m'arrive dans mes heures vides de penser que je ne sais pas si ce sont ces mots-là qui lui viennent quand il pense à moi.

J'arrive avec ça, à la tombée du jour, au pied de l'arbre. Et à sa première parole, à son premier geste, à son premier regard, je sais que l'amour ne ressemble à rien d'autre. Alors je ne risque pas les mots là-dessus. Je ne les laisse pas trébucher.

Je lui donne la main. Et nous partons.

Ou il me tend la sienne. Et je monte.

Ce soir, à une branche, juste au-dessus de celle qui nous porte, il a accroché un miroir. Nous sommes allongés sur le dos. Ma tête est posée sur sa poitrine.

Il me tient contre lui, de son bras. Autour de nous, les feuilles blanches ne tremblent pas. C'est si beau, dans le miroir, que je pose ma main sur sa queue molle et tiède. Je ne savais rien jusque-là de la possible douceur d'une peau.

59. Le docteur se met au pain

– Je passais par là, je me suis arrêté.
– Vous voulez un pain ?
– Oui, c'est ça, je vais prendre un pain.
– Autre chose ?

J'étais juste derrière lui. J'attendais mon tour. Ses enfants attendaient les chansons, sous ses jupes. Elle se penchait sur son comptoir.

Quand je suis sortie, il était sur son tracteur. J'ai tout de suite pu voir que les problèmes de la boulangère n'auraient pas le temps de s'écrire en couleur sur sa devanture, au profil éloquent du docteur brandissant son pain du petit matin. Je l'ai écrit à notre ami. Ainsi que ma conviction que la boulangère avait pris les choses en main, de toute évidence, en se penchant sur son comptoir pour servir au docteur ce qu'il venait chercher.

60. Nous restons dans la camionnette

Je n'ai rien sous ma robe. Il y a la table entre nous. Je lui demande à quoi ça ressemble, trois siècles. Il me dit : ça ressemble à toujours. Que tout instant doit être nouveau. Inventé. Dégusté. Tout instant doit arriver au bout de l'attente, là où elle commence à faire mal.

Il me prépare chaque fois le même repas, dans la camionnette. Je le goûte pourtant comme si c'était la première fois. Je le lui dis. Le souvenir de sa peau si douce entre mes doigts me fait perdre le fil et je me lève. Ma hanche frôle son épaule. Je me rassieds et je continue le repas. Je lui dis : j'avais juste envie de me frotter contre toi. Nous mangeons. Tout ce que nous pourrions dire s'étrangle. Nous ne sommes plus qu'un regard. Nous n'entendons pas les haricots qui croquent sous nos dents. Il me demande si c'est pour lui que j'ai mis cette robe. Je dis que non. Qu'il faisait si chaud. Je lui mens sans rougir. Parce que j'aurais rougi, à lui dire cette vérité-là.

61. Une lettre de notre amie

« Il s'est passé quelque chose et je pense que ce n'est pas sans rapport avec la boulangère. C'est ce qu'il m'a dit. Parce qu'au début j'ai cru que c'était à cause de toi. Il a lu ta lettre et il est resté assis toute la journée à tripoter l'enveloppe entre ses mains, puis il m'a regardée, autrement. Dans les yeux, mais autrement. Moi, tu comprends, j'en étais toujours à attendre qu'il ait assez bu pour lui parler, alors, je lui ai servi un verre, mais il ne l'a pas touché. Comme s'il ne pouvait plus lâcher cette enveloppe. J'ai pensé ça. Qu'une lettre de toi lui donnait ce regard-là. Et je lui ai dit qu'il aille te rejoindre. Qu'il pouvait vivre sa vie. Que ses yeux en disaient long, sur ce que ça lui faisait, de te lire. Et il m'a dit que c'était la boulangère, qui lui avait ouvert les yeux. Que c'est toi qui avais trouvé où elle avait mal. Et qu'il ne voulait pas que je souffre de ça. À s'occuper d'autrui, à élaborer des explications, et m'entendant rire avec les enfants, il avait oublié que j'étais une femme. Il m'a dit que j'avais oublié aussi. Mais à cause de lui. Et parce que je ne m'occupais que de leur bonheur. Je ne comprenais rien, mais ce qu'il y avait dans ses yeux faisait comme une boule dans le bas de mon ventre. Je ne savais pas quoi dire, et j'ai fait la vaisselle. Alors, il est venu derrière moi. Et j'ai senti entre mes fesses qu'elle était dure comme jamais. Je ne te dis pas ce que cela m'a fait. En plus, il avait posé son menton sur mon épaule, il regardait dans ma blouse. Je te jure. M'est venue cette image de moi, accroupie, parlant à une meute de chiens abandonnés, et de sa main qui se glissait.

Je ne veux pas savoir ce que tu as fait, ce que tu as écrit. Je veux bien croire à cette histoire de boulangère. Je veux bien tout. Ce qui nous arrive, je veux bien en payer le prix fort.»

62. La boulangère va aux Courses du Jour

Je suis assise avec mon stylo à la terrasse du Grand Café. J'ai dans la bouche le goût du plaisir d'un homme. La boulangère passe dans la rue. De toute évidence, elle ne voit personne. Mais au Grand Café, nous oublions les bières, la chaleur et le reste, nous ne pouvons rien d'autre que la suivre du regard. Cela fait un silence incroyable, qu'elle n'entend pas. Il y a dans ses pas une légèreté rare, et pourtant quelque chose d'absolument déterminé. Elle marche avec dans le corps un sourire qui nous vrille. Elle entre aux Courses du Jour. Elle en sort avec deux caisses de fraises, environ huit kilos, peut-être dix. Elle repasse devant nous comme si cela ne pesait rien. Ceux des Courses du Jour sont sur le seuil, à ne pas pouvoir ne pas la regarder, eux aussi. Puis elle rentre dans la boulangerie. Il n'y en a pas un qui pense à ce qu'elle va faire de ces fraises, parce qu'elle n'a jamais été aussi belle, la boulangère. Mais je veux bien parier qu'avec le pain, demain matin, chacun demandera une tarte, ou un pot de confiture, oui, aux fraises, si vous avez. Pour voir si elle a encore son air, et le garder en mémoire, avec du jus rouge au bord des lèvres.

63. Une chanson pour moi

C'est moi qui ai commencé. Il était sur la bande de terre, et moi, de l'autre côté de la rivière. Il m'a dit : cette chanson est pour toi, je l'ai écrite pour toi, je vais la chanter pour toi, je ne la chanterai plus jamais. Sa voix passait au-dessus des flots comme un pont entre nos deux corps. Il me semble que je n'ai jamais été aussi belle que dans son chant. J'aurais pu marcher, comme la boulangère, prendre sans les voir tous les regards. Mais je ne pouvais pas bouger. Et nous étions seuls. Il y avait des larmes au bord de mes yeux, alors, au bout de sa chanson, et parce que je ne voulais pas qu'il voie mes larmes, j'ai sorti mes pieds de l'eau, de toutes mes forces, encore et encore.

Il n'arrêtait toujours pas de me regarder, mais il a ôté ses habits détrempés et il est entré dans la rivière. Il en avait jusqu'en haut des cuisses et je n'ai pas vu arriver la vague que ses mains m'ont envoyée. Avant de comprendre ce qui se passait, je me suis retrouvée dans le lit, les eaux emportaient un à un mes vêtements.

J'avais l'enfance à fleur de peau et nos rires se répondaient et s'emmêlaient entre les giclées de gouttes dont nous nous fouettions avec acharnement. Les chagrins des autres sous mes pieds me semblaient doux. J'ai plongé pour les frôler de mes seins, puis je me suis couchée sur le dos. Je partais là où vont les rivières. Il m'a dit je ne veux pas te laisser partir. Je ne veux pas que quelque chose t'emporte loin de moi. Je ne te laisserai pas partir. Et il m'a posée sur la berge. Il a lapé de mon visage chaque goutte. Il m'a dit : il y en avait une qui était salée, je l'ai trouvée sur un cil. Puis il m'a portée jusqu'au pied de l'arbre. Où je me suis réveillée.

64. Quand les enfants me parlent, ça fait des questions

Dans le rectangle bleu, les enfants chantent ou lisent des histoires. Ils parlent. Ils se laissent sécher sur l'arc-en-ciel ou montent y ranger un livre. Parfois, je m'assieds près d'eux, je les regarde vivre. Je les écoute. Aujourd'hui, ils m'ont demandé d'où venaient les livres. C'est notre amie qui les a laissés. Mais ils venaient d'où ? D'où viennent les livres ? J'essaie de leur répondre : il y a des gens qui veulent écrire. Alors ils cherchent du papier. Ils prennent un stylo. Ça finit parfois par faire un livre.

Ils étaient là, autour de moi, pointillés bleus. Je pouvais presque voir au travers de leur peau les points d'interrogation qui se bousculaient jusqu'à leur bouche.

Oui, j'ai un stylo.

Non, je n'écris pas un livre.

Je les ai balancés dans l'eau. Je ne voulais pas être acculée à leur dire que depuis longtemps je ne trouvais plus de papier parce qu'ils dessinaient leur vie dessus. Qu'à cause de ça, je n'avais plus l'idée d'un livre à écrire. Je ne voulais pas leur faire porter ça.

65. La langue, du nord au sud

– Je voudrais te voir le jour aussi.
– Le jour, j'ai une autre vie.
– Je voudrais te voir le jour aussi.
– Ça ne dure jamais trois siècles, quand on se voit la nuit et le jour.
– Il n'y a parfois rien d'autre dans mes jours que l'attente de la nuit.
– C'est pour ça que ça peut durer trois siècles.
– Pourquoi trois siècles ?
– Parce que ça ressemble à sans fin.
– N'y a-t-il pas toujours une fin ?
– Je ne veux pas de fin entre nous.
– Tu veux quoi ?
– Tu ressembles à un enfant, avec toutes tes questions.

Il a sauté de l'arbre, d'un bond. Il m'attend en bas. Moi je n'ose pas. Je m'assieds sur la branche puis je me laisse glisser en la tenant de mes deux mains. En général, je reste suspendue un instant, puis je saute. Pas à la fin de cette nuit. Lui, debout au pied de l'arbre, s'est glissé sous ma robe, suspendue que j'étais. Son visage à la hauteur de mon pubis. J'aurais pu lâcher la branche, tant il me serrait de ses mains. Mais je n'ai pas eu le temps d'y penser. Il a renversé sa tête en arrière et m'a rappelé des souvenirs, avec sa langue.

Au début, je la sentais qui fouillait, tiède et lente, chaque repli. Je la sentais allongeant les distances, entre le nord et le sud. Sa langue me réduisait à une longue fente. Puis elle s'est arrêtée, côté nord. Elle a arrêté aussi la lenteur. Je n'ai plus rien senti d'autre que ce que m'offraient ses infimes et rapides mouvements, et quelque part, entre le nord et le sud, mon fleuve silencieux.

Il m'a déposée par terre. Je n'avais plus de questions à poser.

66. Les enfants ne me laissent pas tranquille

Nous mangeons le pain. Ils reviennent avec leurs questions. Je leur tends des melons et des pastèques.

– À quoi sert le stylo ?

– C'est pour faire un livre.

– Et si on n'a pas de stylo ?

– Alors pas de livre.

– À quoi sert le stylo ?

– À écrire le livre.

– Ça veut dire quoi, « écrire » ?

– C'est comme dessiner la vie sur des papiers trouvés, mais avec des mots.

– On fait des mots, avec le stylo ?

Je leur ai appris à lire, à parler, et il a fallu qu'ils aillent au bout de leurs questions pour que je me rende compte que je ne leur avais pas appris à écrire. Alors, j'ai dévissé le capuchon du stylo. Je leur ai dit qu'on appelait ça une plume. Je leur ai montré le réservoir. Je leur ai dit qu'il contenait de l'encre.

Qu'en posant la plume sur le papier et en la laissant glisser, l'encre se déposait. Je leur ai appris à écrire. Il m'a semblé qu'il y avait longtemps que je n'avais plus dévissé le capuchon de mon stylo. Mais l'encre coulait toujours.

67. Un dialogue qui n'existe pas

J'attends à la limite du champ d'anis. Je lui dis de venir dans ma maison. Il me dit que ça va être difficile. Je lui dis : viens manger chez moi.

Il ne me dit pas : je ne vais pas manger chez toi parce que ce n'est pas chez nous. Chez nous c'est ailleurs. Il ne me dit pas : tu veux toujours plus. Ou autre chose. Alors moi, je ne lui réponds pas que sa liberté me prive de la mienne. Que ça va durer trois siècles, seulement si je laisse notre histoire là où il veut la vivre, dans ce morceau-là de sa vie, et comme il veut qu'elle soit. Je ne lui réponds pas que notre histoire n'est possible que dans la mesure où j'accepte d'y être sans m'y laisser aller.

Je prends ce qui vient. Parce que je n'aurai pas plus. Quoi qu'il arrive. Et que ce qui vient, je ne peux pas m'en passer. Pendant toute cette discussion qui n'a pas eu lieu, il a caressé mon corps. Cela pourrait durer trois siècles aussi, ses mains qui traversent mon dos. Je ne lui dis pas. Je ne veux pas qu'il arrête de me parcourir.

68. On n'arrive pas à dire pourquoi on écrit

– Pourquoi on fait un livre ?

– Parce qu'on a quelque chose qu'on n'arrive pas à dire ou à nommer, on essaie d'en faire une histoire.

– C'est tout ?

– Non. On fait un livre parce qu'il y a des gens qui veulent lire des livres. Et parfois, justement celui-là. On l'écrit pour ça. Parce que c'est justement celui-là que quelqu'un attendait.

– Pour rien d'autre ?

– Si. Mais je n'arrive pas à le dire. Allez chercher des réponses ailleurs.

69. Je sais d'où viennent les rêves

Quand nous dormons sur l'étroite bande de terre, nous devons nous serrer l'un contre l'autre et ça me fait toujours rêver. Je rêve de sa main entre mes jambes et quand je me réveille, elle est toujours là. Ou bien je rêve qu'il suce mes seins, et quand je me réveille, il y a une goutte de lait sur son menton.

Je ne dors pas, mais je ferme les yeux. Il croit que je dors. Il dit : je veux habiter tous les lieux de ton corps. Je sens le souffle de sa voix. J'ouvre les yeux. Il dort sur mon ventre.

70. Les enfants écrivent

Ils sont tous là, bleus et nus, autour du rectangle d'eau, les fesses posées sur les talons, la tête penchée au-dessus de pages sur lesquelles ils laissent glisser la plume de leur stylo. Les mèches de leurs cheveux mouillés diluent goutte à goutte les mots à peine posés.

Je les regarde écrire. Entre eux et moi, la fumée de ma cigarette ressemble à un voile que le vent de l'oubli fait trembler. Le rectangle bleu me fait penser au cadran d'une horloge. Les enfants, dans une symétrie parfaite, sont installés à la place des heures. Il n'y a pas d'aiguilles pour les indiquer. Je me demande combien de temps dure l'enfance. Avec le bout rougeoyant de ma cigarette, je trace dans le voile « Trois siècles ».

La pluie tombe sur ma peau qui reste sèche, mais cela fait tout de même des arcs-en-ciel quand je regarde le soleil. Il y a des moments aussi doux que les mains d'un homme sur mon corps.

71. Nous allons d'abord marcher

Nous décidons d'aller là où vont les rivières. Nous voulons voir ce que devient la pluie. Nous marchons sur l'étroite bande de terre qui les sépare. Parfois il ne parle pas, mais je continue à l'écouter.

Nous marchons longtemps, puis cela devient impossible. Nous sommes au bout de la bande de terre. Elle s'est rétrécie plus encore, il s'assied derrière moi. Nous regardons les deux rivières se rejoindre. Il me dit que quand les rivières se rejoignent, on appelle ça un fleuve. Je lui dis : parle encore, ta voix caresse mon cou.

72. Il fallait bien que ça arrive

Les enfants n'ont plus rien à lire. Même pas ce qu'ils n'arrêtent pas d'écrire. Je leur suggère de relire les livres qu'ils ont déjà lus.

L'ombre de leurs corps, assis côte à côte sur l'arc-en-ciel, trace une ligne dans le rectangle bleu. Comme des aiguilles arrêtées sur un cadran d'horloge sans heure à indiquer. J'en profite pour attacher avec les tiges souples de l'anis les peaux sèches et épaisses des pastèques, taillées en lanières. Je les assemble avec soin. Elles nous porteront cette nuit au bout du fleuve. Là où nous ne savons rien.

73. Le courant nous emmène

Nous posons l'embarcation sur l'eau et nous nous allongeons. Le courant nous emmène là où nous ne savons rien. De la rivière au fleuve. Nous regardons les étoiles. Je lui raconte ce que les enfants ont trouvé dans les livres.

Selon eux, il y a des livres qui racontent plus qu'une histoire. Ou plusieurs histoires. On ne le sait que quand on les relit. D'abord on lit l'histoire, après, on trouve autre chose. Il y a des livres que l'on peut relire sans fin. Ils disent qu'il y a des livres qui font rire et pleurer. Je dis que ce sont les plus beaux, les livres qui font quelque chose à ceux qui les lisent. Qu'il faut de grandes blessures pour écrire ces livres-là. Ceux qui les écrivent remplissent le réservoir de leur stylo avec le sang qui coule de leur vie, et toutes les larmes du monde.

Quand nous entrons dans le fleuve, il m'écoute toujours. Il me dit : continue, j'aime ce que tu me dis, je veux t'entendre encore.

74. Une lettre de notre amie

« Nous n'avons plus de nouvelles de toi, nous supposons que cela signifie que tout va bien, pour la boulangère. Mais pour toi ?

Nous avons appris que ton mari est parti, avec Merci Merci. Quand nous les avons croisés, ce dernier allait assez mal. Il n'avait pas encore trouvé une âme qui vive. Il voulait revenir là où on a brûlé ceux qui pensent autrement, il cherchait votre voisin, il disait qu'il devait savoir quelque chose de l'âme des hérétiques, pour avoir baigné dans leur sang. Celui avec qui tu vivais ne suivra plus Merci Merci. Il paraît qu'il est devenu père. Que ça ne l'intéresse plus d'être ailleurs.

De toi on ne sait rien. On se demande quoi. On ne sait rien de ce qui te fait vivre, et de tes jours. Alors on va venir. On charge la voiture et on vient. Tu verras, on n'est plus les mêmes. Je suis belle maintenant. Il dit que je suis belle comme une boulangère heureuse.

On se retrouve au Grand Café. »

75. Là où vont les fleuves

Quand nous arriverons au bout du fleuve, me dit-il, ce sera le matin. La pluie fait des rivières qui deviennent des fleuves. Là où vont les fleuves, ça s'appelle la mer. Toutes les peines se posent dans les rivières. Elles arrivent toujours dans la mer. Quand la mer est trop lourde des malheurs du monde, elle pleure. Elle verse ses larmes dans le mouchoir bleu du ciel. Quand le ciel est trop lourd, il pleut. Le boulanger n'a rien à voir là-dedans.

Les souffrances sont toujours là, quelque part entre le ciel et l'eau, dans les rivières ou dans la mer. Elles ne diminuent pas, elles voyagent. Il y a toujours un moment où elles sont trop lourdes à porter, alors elles sont déposées ailleurs ou versées autre part. Mais ça ne change rien. Elles sont là.

Regarde, me dit-il. C'est ça, la mer.

76. Tout le monde est là, sauf moi

À la terrasse du Grand Café, ils ont rassemblé les tables. Ils ont ajouté des chaises. Nos amis sont arrivés, ils ont dit qu'ils ne seraient pas seuls.

Dans l'ordre les ont rejoints :
– Les enfants du monde et leur père (ils chantaient et riaient) ;
– Merci Merci (il a dit que tout le monde ne rirait pas, aujourd'hui) ;
– la jeune fille très brune et son cheval pas très grand (elle pleurait).

Merci Merci a dit à la jeune fille très brune : laisse partir ton cheval, tu n'iras plus chercher ton père. Là où il est parti, tu ne le trouveras pas. Il a été au bout de ce qu'il pouvait vivre. Toi pas. Il l'a prise dans ses bras. Il a dit : maintenant, je ne veux plus rien savoir de ce qui peut faire mourir. Tout le monde était assez ému. Les enfants en avaient profité pour écrire sur les tables et sur le sol. Il faudrait plus que quelques bières renversées pour effacer la trace de leur insouciance. On les a envoyés aux Courses du Jour acheter des cahiers, pour limiter les dégâts. Notre ami regardait le tracteur du docteur garé devant la boulangerie avec un certain soulagement. Je n'ai appris tout cela que plus tard. Quand je suis revenue au Grand Café, et que j'ai commencé à lire les histoires sur lesquelles tout le monde marchait comme si de rien n'était.

77. C'est le matin

La mer est un grand rectangle bleu. Trois de ses bords touchent le ciel. Le dernier est coupé par les fleuves qui arrivent. Entre les fleuves, il y a des bandes qui ne sont pas de terre. Il me dit que cela s'appelle la plage. Il y a autant de grains de sable sur la plage que de poussières de peines dans les eaux. On peut choisir la plage ou la boue des alluvions. On doit toujours choisir. On choisit ce qu'on peut.

Nous choisissons la plage. C'est le matin. Pour la première fois, je le vois à la lumière du jour. Il est très beau. Nous retrouvons le premier regard. Je lui dis que je ne sais pas nommer les choses, mais qu'il y a une phrase dans mon ventre pour lui. Il me dit : je vais la chercher.

Il s'enfonce lentement et se loge au plus profond, comme nos regards. Je prends la forme exacte de son désir. Avec une précision rare et sublime, son sexe me dit le mien, que je n'ai jamais vu. Il ne bouge plus. Il me laisse prendre les mesures. Il me dit : je vais chercher ce qui s'écrit dans ton ventre pour moi.

78. Quand je reviens, il n'y a plus personne

Je vais avec mon stylo au Grand Café. Sur le sol, il y a des mots et des phrases d'enfants. On me dit qu'hier ils étaient tous là, sauf moi.

La boulangère passe avec des yeux brillants de vie. Elle s'approche de moi en faisant danser sa robe de ses hanches de femme aimée, et elle me lance : eh, madame l'écrivain, quand est-ce qu'on peut le lire, votre livre ?

79. La dernière nuit n'existe pas

Je lui demande comment ça s'appelle, ce que l'on peut vivre au bord de la mer sur les bandes de sable longées de fleuves. Il me dit : l'amour. Ça s'appelle faire l'amour.

– Je veux encore faire l'amour avec toi.

– Ça va être difficile.

– Je veux encore faire l'amour avec toi.

– J'ai une autre vie, le jour, tu le sais.

– Et notre histoire ?

– Elle va durer toujours. Nous avons trois siècles devant nous, nous n'avons connu qu'un matin.

80. C'est la nuit et pourtant, le vent se lève

Les feuilles blanches tombent. Je les ramasse, je les empile. Je les pose sur une table. Je me souviens de tout. Le vent de l'oubli ne peut rien contre les souvenirs de l'amour. Je regarde l'arbre sans ses pages. Il me dit : tu ne sais plus me cacher dans ta vie, que vas-tu faire de ces feuilles ?

– Il y a quelqu'un qui attend mon livre, je vais l'écrire.
– Qui ?
– La boulangère.
– Tu as l'idée d'un livre à écrire ?
– Oui.
– Tu sais pourquoi tu vas l'écrire ?
– Oui.
– Dis-moi.
– Parce que j'ai besoin de ça, entre les nuits, quand les enfants du monde sont ailleurs.

81. Chez nous, il y a du vert

Je ne sais pas nommer les choses. Je vais écrire l'histoire d'une famille qui va en vacances pour la dernière fois. Je ne dirai rien de la souffrance infinie de la narratrice. Je la garde pour moi. Je lui donnerai un amour magnifique pour s'accrocher à la vie. Je pleurerai toutes ses larmes jusqu'à la mer, et j'écrirai cette histoire pour lui dire qu'il peut y avoir, entre les branches des arbres, des histoires d'amour qui attendent qu'on les invente, pour exister.

– Regardez, les enfants, il y a du vert dans l'arc-en-ciel. C'est ici, chez nous.
– Viens, maman, viens avec nous, dans le rectangle bleu.
– J'arrive.

De la même autrice

*

À La contre Allée

L'Engravement, collection La Sentinelle (2022), collection La Sente (2023)

Dans d'autres maisons

Romans

Kicherche trouve, Oskar (2024)
La Clé de Jacqueline, Oskar (2023)
La vie devant nous, Mijade (2020)
Tu es si belle, Oskar (2019)
Le trésor du village englouti, Oskar (2018)
Moi et la fille qui pêchait des sardines, Oskar (2017)
L'homme que les chiens aimaient, Onlit (2016)
Le frère de Simone, Oskar (2015)
Je n'ai rien vu venir, Weyrich (2015)
Le trésor d'Hugo Doigny, Luc Pire (2015)
On ne parle pas de ça, Oskar (2014)
Tout va bien, Mijade (2014)
La conséquence de mes actes, Mijade (2013)

Ma mère à l'Ouest, Mijade (2012)

L'art de conjuguer des hommes mariés,
Les Carnets du dessert de lune (2012)

Premier chagrin, Mijade (2011)

Ne plus vivre avec lui, Mijade (2009)

Le square des héros, Le Castor astral (2009)

La dernière licorne, Mijade-Mémor (2008)

Le rôle de Bart, Le Castor astral (2005)

Trois siècles d'amour, Le Castor astral (2003)

Autour de Rita, Le Castor astral (2002)

Après Vous, Le Hêtre pourpre (2001)

*

Poésie

L'homme que j'aime,
Les Carnets du dessert de lune (2019)

Du même et fragile cordon,
Les Carnets du dessert de lune (2017)

Amoureuse, Les Carnets du dessert de lune (2007)

La nuit, le silence fait moins de bruit,
Esperluète (2002)

*

Manuels pratiques

Écrire et faire écrire, tome 2, De Boeck (2011)

Écrire et faire écrire, tome 1, De Boeck (2007, 2018)

(ÉDITIONS) LA CONTRE ALLÉE

Délaissant les grands axes, j'ai pris la contre-allée - A. Bashung et J. Fauque

*

Collection La Sente

Une collection au format de poche qui nous relit/e

Emma au jardin • Matthieu Corpataux (2025)

Le Plancher • Perrine Le Querrec (2024)

Rivière • Lucien Suel (2024)

D'azur et d'acier • Lucien Suel (2024)

Rouge pute • Perrine Le Querrec (2024)

Au nord tes parents • Antoine Mouton (2024)

Bonjour suivi de Hotdog • Nathalie Yot (2024)

L'Engravement • Eva Kavian (2023)

La nuit des terrasses & caverne suivi de cadavres
Makenzy Orcel (2023)

Le Pion • Paco Cerdà (2023)
traduit de l'espagnol par Marielle Leroy

On est les gens • Sophie G. Lucas (2023)

moujik moujik suivi de Notown • Sophie G. Lucas (2023)

*

DIRECTION ÉDITORIALE Benoît Verhille
COUVERTURE Renaud Buénerd
MAQUETTE Valérie Dussart
ASSISTANCE ÉDITORIALE Marianne Kmiecik

NOUS REMERCIONS
Les éditions du Castor Astral
Les équipes de
Belles Lettres Diffusion Distribution
Présence graphique
&
Aline Connabel, relation libraires
Poerava Ruiz

C'est après une première vie aux belles éditions du Castor Astral que *Trois siècles d'amour* rejoint les éditions La Contre Allée dans La Sente, notre collection de poche. Preuve s'il en est que les livres ont une durée de vie illimitée, ils peuvent même être lus pendant trois siècles ! C'est tout ce que nous souhaitons à *Trois siècles d'amour*, ce magnifique roman aux thématiques intemporelles… Il rejoint aujourd'hui le catalogue de La Contre Allée et y prend place de manière évidente, tant ses thèmes résonnent avec ceux portés par d'autres autrices et auteurs du catalogue. On pense bien sûr à *La femme brouillon*, d'Amandine Dhée (qui fera l'objet, comme pour celui-ci, d'une nouvelle édition en novembre, restez à l'affût, ce sera une nouvelle édition enrichie !), et à *À mains nues*, de la même autrice ; mais aussi à Lou Darsan et à son *Arrachée belle* ; ou encore aux *Nuits de noces* de Violaine Bérot ; et comment ne pas penser aussi aux *Chevals morts* d'Antoine Mouton, ou à *Trouver un autre nom* à l'amour de Nivaria Tejera… Composé en Minion pro 10.5 pts et reproduit sur un papier Clairefontaine bouffant 80 g, *Trois siècles d'amour* porte, dans sa version poche, l'ISBN 9782376651765. D'Eva Kavian vous pouvez aussi découvrir au sein du catalogue de La Contre Allée, si ce n'est déjà fait, *L'Engravement*, un récit fort et sensible sur la santé mentale des jeunes et plus particulièrement sur la détresse de celles et ceux qui les accompagnent. Comme pour *L'Engravement*, la couverture de *Trois siècles d'amour* a été imaginée par le toujours très inspiré Renaud Buénerd. On les aime, ces feuilles de papier comme des métaphores de ce temps que nous cherchons et qui nous échappe sans cesse. C'est l'imprimerie Présence graphique, située à Monts, près de Tours, titulaire du label Imprim'vert®, qui a procédé à la fabrication de ce 152e ouvrage présent au catalogue, lui attribuant le numéro imprimeur 072581995. *Trois siècles d'amour* sera envoyé au dépôt légal au cours du 4e trimestre 2025, pour des siècles de conservation à la BnF, temple de la littérature, témoignage de la vitalité littéraire de notre XXIe siècle.